粵讀

何文匯 —— 著

商務印書館

粵讀

作　　者　何文匯

責任編輯　王卓穎

封面設計　涂　慧　麥梓淇

出　　版　商務印書館（香港）有限公司
　　　　　香港筲箕灣耀興道 3 號東匯廣場 8 樓
　　　　　http://www.commercialpress.com.hk

發　　行　香港聯合書刊物流有限公司
　　　　　香港新界荃灣德士古道 220−248 號荃灣工業中心 16 樓

印　　刷　美雅印刷製本有限公司
　　　　　九龍觀塘榮業街 6 號海濱工業大廈 4 樓 A 室

版　　次　2021 年 12 月第 1 版第 1 次印刷
　　　　　© 2021 商務印書館（香港）有限公司
　　　　　ISBN 978 962 07 0597 7
　　　　　Printed in Hong Kong

多查字典
可以
減少錯讀

重刊《粵讀》小記

《粵讀》於 2007 年由博益出版集團出版，2008 年改由明窗出版社出版。今年 2021 年，《粵讀》由香港商務印書館重新編輯印行。

本書分三章討論粵讀的問題，主要目的是鼓勵讀者多查字典，藉以減少錯讀。書中每一篇文章都很簡短，也很容易看懂，都旨在説明查字典的重要性。

《粵讀》脱檔已經十多年，難得的是香港商務印書館對粵音和粵讀的研究十分支持，於是把這本書重新編輯出版，以廣流傳。粵音是最適合用來誦讀古典詩歌的方音之一，所以香港商務印書館重刊《粵讀》，對傳承我國古典詩歌文化是具有重大意義的。

何文匯

二〇二一年十一月

敘

（一）

　　2004 年初，我和黃念欣博士在香港電台（RTHK）同時期主持了兩個關於『粵語正音』和『粵音正讀』的節目。第一個是《粵講粵啱一分鐘》七十五講，從星期一至星期五分十五個星期播放。我負責星期一、三、五播出的粵音正讀四十五講，黃博士負責星期二、四播出的粵語正音三十講。同時，我們又主持了十五集每集半小時的節目《粵講粵啱聽》，和上述《粵講粵啱一分鐘》節目相互配合，分十五個星期播放。《粵講粵啱聽》設有三個環節。第一個叫〈粵有詩意〉，由我負責，旨在示範粵音正讀在誦讀古典詩歌時的重要性。第二個環節叫〈粵唱粵動聽〉，由黃博士負責，旨在指出一些歌手演繹粵語流行曲時的錯音錯讀。第三個環節叫〈翻粵歷史〉，由我負責，旨在闡釋一些源遠流長的粵口語常用字和常用詞。

　　2006 年十月，香港無綫電視（TVB）開始播映該電視台和香港中文大學中文系合作的節目《最緊要正字》，隨而掀起了談論正字、正音、正讀的風氣。該節目還在全港『2006 電視節

目欣賞指數調查』第四季度調查中得到第一名，集數由最初計劃的八集增加至十九集。就在這正字、正音、正讀風氣籠罩香港的情況下，博益出版集團向我索稿。我立刻想起了兩年前的電台講稿。知會過香港電台的有關節目監製後，我便把當年由我主持的環節的講稿整理好，交給博益出版。

《粵講粵啱一分鐘》有關粵音正讀的四十五篇講稿，修改和增補後成為本書第一章：〈粵讀求真〉；〈粵有詩意〉的十五篇講稿修改和增補後成為本書第二章：〈粵讀行遠〉；〈翻粵歷史〉的十五篇講稿修改和增補後成為本書第三章：〈粵讀懷古〉。為了幫助讀者深入了解第二章談及的詩格律，我把 1998 年發表在博益出版的《香港詩情》一書中的文章〈近體詩格律淺説〉放在本書附錄。為求簡潔易記，本書取名《粵讀》。

整理講稿是頗費時的工作，主要因為當時的講稿用粵口語語法撰寫，而今天的書稿要用白話文語法撰寫，所以變換語法和詞彙時要費點心力。《粵講粵啱一分鐘》講稿所需要的改動尤其大，因為一分鐘的講稿很短，沒法較深入地探討問題，所以書稿中這四十五篇的長度都增加了。最重要的是全書七十五篇的每一篇都一定引用《廣韻》的切語作為粵讀的依據。這裏我要感謝黃寶芝女士在教學之餘協助我把講稿改成書稿、韓彤

宇女士和韓晨宇女士在教學之餘為我校閱書稿，以及李今吾先生擱置其他事情替我審訂書稿。

（二）

因為書中每一篇文章都引用《廣韻》和同一系統的韻書的切語作為粵讀的依據，而看過《廣韻》的人到底比較少，所以我在這裏説一下《廣韻》在音韻史上的地位。

隋文帝統一中國之後，領導層和士人便着手統一南北朝以來紛亂的文字和讀音。讀音方面，陸法言、劉臻、顏之推等人論南北是非、古今通塞，於隋文帝仁壽元年（601）撰定《切韻》，以五卷分載四聲。平、上、去、入四聲中，平聲字特別多，所以分為『上平聲』和『下平聲』兩卷。注音用『反語』，例如『之：止而反』、『林：力尋反』。《切韻》可説是中古韻書之祖，影響後世甚鉅。

唐朝開元年間開始賦詩取士，所以對讀音尤其講究。孫愐鑒於《切韻》一書『隨珠尚纇，虹玉仍瑕，注有差錯，文復漏誤』，於是加以刊正增收，於天寶十載（751）勒成《唐韻》一書，『蓋取《周易》、《周禮》之義也』。可見孫愐其實是以他的韻書

為作於唐代的《韻》，不僅是《切韻》的延續，而且是改正了《切韻》有差錯的注釋和修補了《切韻》有漏誤的文字。體例方面，《唐韻》仍依《切韻》以四聲分載於五卷，注音以『反語』為主，偶用直音。

到了宋初，政府以『舊本既訛，學者多誤』為理由，把《切韻》（以及《唐韻》）刊正重修。大中祥符元年（1008），宋真宗乃下勅賜名：『仍特換於新名，庶永昭於成績，宜改為《大宋重修廣韻》。』於是這本宋朝韻書便稱為《廣韻》。《廣韻》和《切韻》、《唐韻》一樣，以四聲分載於五卷，但是改『反語』為『切語』，例如『之：止而切』、『林：力尋切』。《廣韻》的體例，成為後來韻書的楷模。現今《切韻》和《唐韻》只餘殘卷，所以《廣韻》便成為全中國普通話以外的方言審音必備的韻書。

北方話受到外來語音的嚴重干擾，早在金元時期已經局部脫離《廣韻》系統，成為普通話的前身。元朝周德清作《中原音韻》，紀錄了北方話平分陰陽、入派三聲的特性。《廣韻》系統的入聲，分別讀陽平、上聲和去聲，當時沒有入聲字派入北方話的陰平聲。其後，一部分原入聲字讀了陰平，其他的也不斷變更聲調，於是和《廣韻》系統相去更遠。周德清《中原音韻‧正語作詞起例》更譏《廣韻》所載是『閩浙之音』，可見當

時《廣韻》系統的音讀已隨士大夫南移了。但是北方話區以南的音讀還在不同程度上貼近《廣韻》系統，用以審音的韻書還是以《廣韻》為主。

不懂音韻的人很容易受到《廣韻》的『上平聲』和『下平聲』二詞所誤導，以為是兩種不同調值的平聲，好像後世的陰平、陽平之類。這理解當然是錯誤的。中古平、上、去、入四聲都不分『陰』、『陽』，只分『清』、『濁』。清和濁指不帶音和帶音，並沒有明顯的音階分別。其後清變陰，濁變陽，才有明顯的音階分別。所以『上平聲』和『下平聲』在當時是絕對不會引致誤解的，一看便知是『平聲上卷』和『平聲下卷』。

近代著名音韻學家王力在《漢語音韻學》一書第二十二節中說:『《廣韻》上去入聲各一卷，惟平聲韻分上下兩卷，而有上平聲一東二冬，下平聲一先二仙等字樣。普通人很容易誤解其意以為上平與下平不同。但錢大昕引宋魏了翁云：「《唐韻》原本為二十八刪，二十九山，三十先，三十一仙。」可知平聲本只一類，不過因卷帙頗多而分為二卷罷了。』他的意思是，宋人還及見《唐韻》全本，《唐韻》的『上平聲』二十八刪、二十九山、三十先、三十一仙，在《廣韻》分屬『上平聲』二十七刪、二十八山和『下平聲』一先、二仙。可見韻部因分

合而移動，先、仙二韻由《唐韻》的平聲上卷移到《廣韻》的平聲下卷，兩卷平聲並非屬於不同調類。

另外，王力在《漢語音韻》一書第四章『注一』中又說：『平聲字多，分為兩卷。上平聲、下平聲只是平聲上、平聲下的意思，不可誤會為陰平、陽平的分別。』可見王力很擔心我們因誤解『上平聲』和『下平聲』的意思而鬧笑話。

《廣韻》成書之後，韻部時有分合，不過合就遠多於分，這都在其後的韻書中顯示出來。《切韻》、《唐韻》、《廣韻》四聲五卷的體例，在宋代開始起了變化。《集韻》因所收字較《廣韻》多二萬餘，故平聲分為四卷，稱『平聲一、二、三、四』。上去入聲各分二卷，稱『上聲上』、『上聲下』、『去聲上』、『去聲下』、『入聲上』、『入聲下』，合共『十聲』。金朝《五音集韻》分十五卷（『上平聲』、『中平聲』、『下平聲』各二卷，『上聲』、『去聲』、『入聲』各三卷），元朝《古今韻會舉要》分三十卷（『平聲上』五卷、『平聲下』五卷、『上聲』六卷、『去聲』八卷、『入聲』六卷），明朝《洪武正韻》分十六卷（平聲六卷、上聲三卷、去聲四卷、入聲三卷），清朝《音韻闡微》分十八卷（平聲六卷、上聲四卷、去聲四卷、入聲四卷），雖然卷數不同，但並沒有脫離《廣韻》的平上去入四聲的系統。十五卷、三十卷、十六卷和十八卷並

不表示漢語分為十五、三十、十六和十八個不同聲調。

北方話以外的方言一定要用《廣韻》或同系統韻書擬出正讀。臺北出版的《中文大辭典》每字後先引《廣韻》、《集韻》、《韻會》等韻書的切語，然後注國語讀音。上海出版的《漢語大詞典》每字後先注普通話讀音，然後引《廣韻》切語以便擬出方言讀音，不見於《廣韻》的字便用《集韻》或其他韻書的有關切語。

（三）

本年初，有一位專欄作家趁着整個香港在談論正讀的熱潮，以曾與王力論學的語音專家身分出版專書，廣送政府部門和學校，反對用《廣韻》擬出粵音正讀，引起了傳媒的注意。該專欄作家提出的理由是：『廣府音韻有九聲，《廣韻》只有五聲，是故若完全依《廣韻》來轉讀，那麼，廣府話有四個聲調就要作廢。』（該書頁 30）又：『廣府話有九聲，《廣韻》祇有五聲，倘全依《廣韻》，廣府話便已有四聲作廢。摧殘方言，莫此為甚。』（該書頁 148）他對《廣韻》的誤解，就正如王力所指的『普通人很容易誤解其意以為上平與下平不同』，也犯了王力所指的『上平聲、下平聲只是平聲上、平聲下的意思，不可

誤為陰平、陽平的分別」。其實會反切的人一看《廣韻》便知『上平聲』和『下平聲』每一個韻部都載有現今的陰平聲和陽平聲字。『上平聲』一東第一個小韻是『德紅切』，這是清聲母平聲，即後世的陰平；第二個小韻是『徒紅切』，這是濁聲母平聲，即後世的陽平。再看『下平聲』一先，第一個小韻是『蘇前切』，這是清聲母平聲，即後世的陰平；第五個小韻是『胡田切』，這是濁聲母平聲，即後世的陽平。他大抵以為『上平聲』即『陰平聲』，『下平聲』即『陽平聲』，才會以為中古的平聲分上平、下平兩個調類。那麼粵音九聲中要『作廢』的可能是兩個上聲的其中一個、兩個去聲的其中一個，以及三個入聲的其中兩個吧？但奇怪的是，我們用了《廣韻》近千年，為甚麼粵音聲調反而多了『四個』呢？又為甚麼我們如果繼續用《廣韻》正粵讀，粵音有四個聲調便會作廢呢？

當然，如果『五聲』指的是『分置五卷的聲』，那便毫無問題。像元代《古今韻會舉要 · 凡例》說：『舊韻上平、下平、上、去、入五聲凡二百六韻，今依「平水韻」併通用之韻為一百七韻。』其中『五聲』指的是《廣韻》分置五卷的聲，計為上平聲二十八韻、下平聲二十九韻、上聲五十五韻、去聲六十韻、入聲三十四韻。但如果誤會上平和下平兩聲是兩個調類，然後硬要把這子虛烏有的『五個調類』和現今粵音的九個調類

作比較，那就顯得相當無知了。

該專欄作家之所以誤《廣韻》的上平和下平為兩個調類，是因為他沒法分辨上平和下平每個韻部裏每個小韻現在的陰陽聲調；他之所以沒法分辨小韻的陰陽聲調，是因為他不明白反切的原理。但反切卻是學中文的基本功。清代江永《音學辨微‧辨翻切》說：

> 讀書而不知切字，讕讀必多；為師而不知切字，授讀必誤；著書而不知切字，流傳必謬。

正道出反切的作用。如果不明白反切的原理，便沒有分辨讀音對錯的能力，所發表的相關理論自然充滿謬誤了。

我說該專欄作家不明白反切的原理，只須舉兩個例。

第一，該作家說：『「相」、「尚」、「向」等字，莫非都要依韻書「正音」為「息良切」、「時亮切」、「許亮切」？若如是，不如明令公布禁止講粵語。這些字，照粵音讀法，「相」字如果拼為「息良」，那就是「常」音，除非提高聲調，否則讀不出「相」（「雙」音）；「尚」字讀「時亮切」，依粵音來切，則是宰相

的「相」音；「向」字亦然，那就幾乎是要用國語來取代廣府音了。』（該書頁101）這段文字顯示了該作家不懂得反切『上字辨陰陽，下字辨平仄』的原理（現在的『上字辨陰陽』由中古的『上字定清濁』演變而成）。因為他沒法理解『相』字的《廣韻》切語為何是『息良切』、『尚』字的《廣韻》切語為何是『時亮切』，以及『向』字的《廣韻》切語為何是『許亮切』，所以他便以為反切是為普通話而設的。這個不正確的觀點在書中隨處可見，茲舉兩例：『它〔電視台〕是將粵音一律依韻書的音，依國語來讀，根本漠視廣府話的中州音韻傳統。』（該書頁88）『查《廣韻》來「正」廣府話的音，實際上等於將廣府話來「國語化」，亦即是廢棄廣府話。……倘如將他認為是「正音」的字，用國語來讀，你就明白是什麼一回事了。』（該書頁105）可見該作家對《廣韻》的誤解很深。其實上述三個切語都很容易理解。『息』是陰入聲，『良』是陽平聲，『息』、『良』相合便成陰平聲；所以『相思』的『相』字讀陰平聲，並非如該作家所說的『息良切』讀作陽平聲的『常』。又『時』是陽平聲，『亮』是陽去聲，『時』、『亮』相合便成陽去聲；所以『尚』字讀陽去聲，而不是讀作陰去聲的『宰相』的『相』。『許』是陰上聲，『亮』是陽去聲，『許』、『亮』相合便成陰去聲；所以『向』字讀陰去聲。『許』是『曉』母字，所以『許亮切』的粵讀不可能是『宰相』的『相』。連這三個淺易的切語都應付不了，如何是好呢？

第二，該作家認為若『綜』字要依『子宋切』讀作『眾』而不能讀作『宗』，若『銘』字要依『莫經切』讀作『明』而不能讀作『茗』，那麼「雍正」便要依《廣韻》讀去聲二宋韻，讀為「用正」，不能將「雍」字讀陰平聲，可耶？祇須抽秤這一個音，便知「綜」、「銘」之「正音」為「眾」、「明」，實在是盲目欺世。』（該書頁 123）這段文字再次證明該作家不懂反切原理。『子』是陰上聲，『宋』是陰去聲，『子』、『宋』相合便成陰去聲，不是陰平聲。『莫』是陽入聲，『經』是陰平聲，『莫』、『經』相合便成陽平聲，不是陽上聲。『雍』字在《廣韻》中有兩讀。第一讀是『於容切』，解作『和也』。『於』是陰平聲，『容』是陽平聲，『於』、『容』相合便成陰平聲。『雍正』的『雍』讀陰平聲，解作『和』，正是依據『於容切』的讀法和解法。『雍』的第二讀是『於用切』，解作『九州名。……又姓』。『於』是陰平聲，『用』是陽去聲，『於』、『用』相合便成陰去聲，與『和』義無涉。這個『雍』字既然要讀陰去聲，該作家卻竟然用陽去聲的『用』字去表音，於是又露出破綻了。還有，陰去聲的『雍』字並不在《廣韻》的『二宋』韻，而是在『三用』韻。試想想，『於用切』的切語下字既然是『用』，這個切語又怎會不屬於『三用』而屬於『二宋』呢？其後『平水韻』把通用韻部合併，於是『用』韻歸入『宋』韻，『用』韻便從此消失，成為『平水韻』去聲『二宋』韻的一部分。但那是《廣韻》以後的事了。

該作家之所以不能反切，可能因為他還未完全懂得分辨平上去入的方法。我又舉兩個例。

　　第一，該作家說：『例如「趲」（近 dat 音〔⁻dɛk〕）字（走趲、趲路），這個字音凡廣府人都一定識讀，而且一定讀為去聲。』（該書頁 39）既然他認為『趲』字是〔-t〕或〔-k〕收音（雖然我不明白為甚麼〔⁻dɛk〕會讀如 dat，除非那人發音非常不正確），那『趲』就是入聲字（凡是〔-t〕、〔-p〕、〔-k〕收音的字都是入聲字），怎會『一定讀去聲』呢？如果一定讀去聲，『趲』就不會以〔-t〕或〔-k〕收音了。

　　第二，該作家說：『「誤」、「忤」，廣府話讀為「悟」與「午」（後者如「忤逆」）；一個是陽去聲，一個是陰去聲，若依《廣韻》，一律讀為「五故切」，那麼，「忤逆」就要讀為「誤逆」。』（該書頁 127）他說得對，『忤』和『誤』是同音字，都讀陽去聲，如果不查字典怎會知道？所以多查字典，可以減少錯讀。該作家說『悟』是陽去聲，一點不錯；但他說『午』是陰去聲，那就錯了。『午』是陽上聲，懂得怎樣調聲的一定不會弄錯。不辨陰陽，反切必錯無疑。

　　該作家不辨陰陽，不辨上去入，即是基本的調聲能力不

足，難怪他以為《廣韻》上平和下平是兩個不同的調類，因為他沒能力證明它們是相同的調類。不然，他便會說：『粵音有九聲，《廣韻》只有四聲，是故若完全依《廣韻》來轉讀，那麼，廣府話有五個聲調就要作廢。』但這樣說也不對。該作家如果知道《廣韻》四聲都分清濁，等於共有八調，便會明白廣府話九聲沒有任何一個聲調要作廢。

不過，『有聲調作廢』這觀念也不正確。該作家以為尋求與《廣韻》聲調對應，等於像瑞典漢學家高本漢一樣重建中古音，當然他也不知道中古音的聲母分清濁，所以才有方音聲調『作廢』這樣奇怪的想法。當我們拿方音跟《廣韻》尋求聲調對應時，只談中古聲調如何『分派』到方音裏，並不倒轉過來談方音哪些聲調將要『作廢』。事實上，現在一般方音的調類都較中古音的『八調』少，有聲調『作廢』的應該是中古音而不是現在的方音。廣州音跟《廣韻》時代的中古音對應得非常好，固然沒有聲調『作廢』；而且中古音〔-m〕、〔-n〕、〔-ŋ〕鼻音韻尾和〔-p〕、〔-t〕、〔-k〕塞音韻尾都完全保留了。這是近乎完美的對應。至於中古聲調的分派情況也不複雜，只有中古全濁聲母上聲字大部分讀陽去聲（即『陽上作去』），而中古次濁聲母上聲字主要仍讀陽上聲；中古清聲母入聲字讀陰入聲或中入聲，前者以短韻腹元音為主，後者以長韻腹元音為主。

其他北方話以外的方言在審音時都難免要跟《廣韻》尋求聲調對應，只是過程一般較粵語複雜。但是論聲調對應，都只着眼於『分派』而已。以下據王力《漢語音韻學》、袁家驊等《漢語方言概要》、李榮等《現代漢語方言大詞典》的有關詞典以及有關人士的示範，自南至北舉幾個音系為例。

閩南方言區廈門音有七聲：陰平、陽平、上、陰去、陽去、陰入、陽入。它的陰平調值較陽平為高，但陰去調值較陽去為低，陰入調值也較陽入為低。廈門音的陰陽定位沒有粵音那麼一致，因為粵音是陰高陽低的。但這並不妨礙廈門音跟中古音作聲調上的對應。廈門音上聲和普通話音一樣不分陰陽，中古清聲母和次濁聲母上聲字讀上聲，中古全濁聲母上聲字大部分讀陽去聲，其餘仍讀上聲。這『陽上作去』的現象跟粵音相似。基於這些聲調變化的規律，當然還有聲母、韻母變化的規律（包括聲母、韻母在文白異讀中變化的規律），講廈門話的人可以參考《廣韻》或同系統韻書擬出漢字的廈門音讀法。這樣做可以減少讀音上的爭議，比單憑個人感覺較有說服力。

客家方言區梅縣音有六聲：陰平、陽平、上、去、陰入、陽入。它的陰平調值較陽平為高，但陰入調值較陽入為低。中古全濁聲母上聲字大部分讀去聲，中古次濁聲母上聲字大

部分讀陰平聲，只有在誦讀詩文時讀上聲，不留神便會顛倒平仄（一位近代客家學者的詩集載有口占五言絕句一首，末二句云：『著書成十卷，翻慶大有年。』這兩句的格律是『平平平仄仄，仄仄仄平平』，上聲的『有』字放在非平不可的位置，壞了格律。這是因為客語日常把『有』這中古次濁聲母上聲字讀成陰平聲，詩人不留神便會忘記『有』字本來是上聲字）。因為梅縣音變化較複雜，所以用《廣韻》或同系統韻書為梅縣音審音時便不及審廣州音簡單。但站在客家話的立場看，作為審音工具，《廣韻》和同系統韻書還是沒有代替品的。

稍向北移，湘方言區長沙音有六聲：陰平、陽平、上、陰去、陽去、入。長沙音的入聲沒有塞音韻尾，只是由『24』調值代表。中古全濁聲母上聲字在長沙音中多讀陽去聲（陽去聲字讀書時則多作陰去聲）。基於這些變化規律，以及聲母、韻母的變化規律，講長沙話的人在審音時還是要參考《廣韻》或同系統韻書擬出漢字的長沙音讀法。

吳方言區蘇州音有七聲：陰平、陽平、上、陰去、陽去、陰入、陽入。它的入聲沒有〔-p〕、〔-t〕、〔-k〕韻尾，只有一個輕微的喉塞音〔-ʔ〕。『分派』方面，中古清聲母上聲字仍讀上聲，中古全濁聲母上聲字和絕大部分次濁聲母上聲字都讀陽去

聲，只有幾個次濁聲母上聲字還留在上聲。所以蘇州音的『陽上作去』做得非常徹底。説到審音，蘇州音還是要從《廣韻》或同系統韻書中尋求對應，因為它保留了完整的四聲。

同樣地，從事粵語審音，《廣韻》和同系統韻書是極重要的工具書。它們並沒有代替品。

上世紀九十年代，我在圖書館看到一本在 1979 年寫成的碩士論文，名為《聲韻學名詞彙釋》，作者是臺灣私立東海大學的研究生蔡宗祈。論文裏面有這段文字：『元、明、清三代之韻書，從《中原音韻》到《五方元音》，雖其書之體例與《廣韻》有異，其音屬於現代官話之系統，然以此期韻書與《廣韻》相較，其聲韻演變之跡，仍有線索可尋。而現代漢語方言，與《廣韻》聲韻系統亦有對應規律。則《廣韻》一書又成探求今語的重要材料了。』(論文頁 73) 這番話很有道理。當時我還以為這些道理縱使不是專家也知道，今天我才明白這些道理縱使是專家也未必知道。該作家以語音專家自居，但他今天對《廣韻》的認識，還遠不及三十年前一個碩士生。

該作家不知道怎樣使用《廣韻》的切語，竟然以為那些切語是為國語而設的，所以便認為粵讀不能依靠《廣韻》，而只

能依靠口耳相傳。終於他更索性自定口耳相傳的正讀,例如:『綜合』的『綜』要讀如『忠』,『錯綜』的『綜』才讀如『眾』;『姓樊』的『樊』要讀如『飯』,『樊籠』的『樊』才讀如『煩』;『革命』的『革』要讀如『甲』,『改革』的『革』才讀如『格』;『活躍』的『躍』要讀如『約』,『躍躍欲試』的『躍』才讀如『藥』;『愉快』的『愉』要讀如『預』,『歡愉』的『愉』才讀如『娛』。又例如:『簷』要讀如『蟬』,不能讀如『嚴』;『渲』要讀如『宣』,不能讀如『算』;『恬』要讀如『忝』,不能讀如『甜』;『銘』要讀如『皿』,不能讀如『名』;『漪』要讀如『倚』,不能讀如『依』(該書頁 246-248)。這無疑是把他自己日常讀錯的字都公開了,還要讀者跟他一起錯。這樣辛苦寫成一本書,目的只在告訴讀者他自己從未認真看過《廣韻》,不會分辨陰陽平仄,不懂反切原理,又常常讀錯字;因而叫讀者不要查字典,只要跟他一起錯下去,『錯』便變成『對』。用這種方法跟自己開玩笑,的確非常少見。但該專欄作家的那本書少不免會荼毒一些讀者,所以姑且在這裏評論一下,以正視聽。

何文匯

二〇〇七年七月

目　錄

第二章　粵讀行遠

第三章　粵讀懷古

附　錄

第一章

粵讀求真

1. 重蹈覆轍 粵讀：重道覆轍

　　我們日常錯讀字音的主要原因是不查字典。不查字典的主要原因是『懶得去查』以及『不懂去查』。有時候，我們既不查字典也不思考讀音問題。因為不思考，有些分明不應該讀錯的字也竟然讀錯。

　　就像『舞蹈』的『蹈』字，《廣韻》讀『徒到切』。『徒』是陽平聲字，『到』是陰去聲字。按照現代反切法『上字辨陰陽，下字辨平仄』的原則，『徒』和『到』磨合便成陽去聲。塞音和塞擦音聲母遇陽去聲一定不送氣，所以『蹈』字粵音應該讀作『道德』的『道』、『稻米』的『稻』；但竟有不少人—包括教師和廣播員—把『重蹈覆轍』讀作『重滔覆轍』。這當然是受了『滔滔不絕』的『滔』字字形所影響。但當他們讀『舞蹈』、『赴湯蹈火』時，卻不會把『蹈』字讀錯。『蹈』是『踐』和『踏』的意思，『重蹈覆轍』、『舞蹈』、『赴湯蹈火』的『蹈』都解作『踐』和『踏』。為甚麼後兩個詞語的『蹈』要讀作『稻』而第一個詞語的『蹈』要讀作『滔』呢？這就是讀字時不思考讀音問題的結果。

這裏順便談一下『轍』字的讀音。『轍』和『澈』的《廣韻》切語是『直列切』，粵音正讀是〔_dzit〕，陽入聲。『徹』和『撤』的《廣韻》切語是『丑列切』，粵音正讀是〔⁻tsit〕，中入聲。今天，我們把『轍』和『澈』都讀作『徹』和『撤』，即把陽入聲變成中入聲。這讀法可視為因『習非勝是』而『約定俗成』的『今讀』，還幸入聲調得以保留。普通話『轍』讀〔zhé〕，『澈』、『徹』、『撤』讀〔chè〕，跟粵讀的變化並不一樣。

例字	聲調	粵音同音字	詞語
蹈	陽去	道、稻、盜	舞蹈 重蹈覆轍 赴湯蹈火

2. 藉口 粵讀：直口

　　《左傳・成公二年》：『若苟有以藉口而復於寡君，君之惠也。』『藉』即『薦』，也就是『承托』。如果沒有『內容』去承托我的口，我就會言之無物。『藉』又有『借』的意思。《禮記・王制》：『古者公田藉而不稅。』『藉田』即借田耕種。唐朝陸德明《經典釋文》給『藉』字兩個讀音。一個是『在夜反』，粵音讀作『多謝』的『謝』，陽去聲；一個是『在亦反』，粵音讀作『書籍』的『籍』、『曲直』的『直』，陽入聲。《廣韻》的切語是『慈夜切』和『秦昔切』，也是分別讀作『謝』和『籍』。

　　現在不少廣播員把『藉口』讀作『借口』，這可能是受了普通話〔jiè kǒu〕的影響。不過這個讀法是有問題的，正宗字典並沒有『借』這個讀音。別以為『藉口』的『藉』解作『借』。『藉口』的『藉』其實解作『承托』，後世才把『藉口』解作『假借的理由』。『藉田』、『藉詞』的『藉』雖然有『借』的意思，也沒有讀作『借』的必要。像『義薄雲天』和『薄暮』的『薄』都是『逼』的意思，難道因此就

可以把『義薄雲天』讀作『義逼雲天』、『薄暮』讀作『逼暮』嗎？

　　『藉』字的陽去聲讀法，數十年來一般教師都不用，只用陽入聲讀法；所以『藉口』只須讀作『直口』。『慰藉』、『狼藉』、『憑藉』、『藉口』的『藉』字都應讀作『直』。『慰藉』、『蘊藉』的普通話讀音是『慰借』、『蘊借』。在香港，並不是很多人知道『慰藉』、『蘊藉』的普通話讀法；所以廣播員仍然把『慰藉』讀作『慰直』，把『蘊藉』讀作『蘊直』，暫時還未受普通話讀音的影響。

例字	聲調	粵音同音字	詞語
藉	陽入	直、籍、夕	藉口 杯盤狼藉 藉詞推諉

3. 敏捷　粵讀：敏截

很多人把『敏捷』讀成『敏節』，即是把陽入聲的『捷』讀成中入聲『節目』的『節』，把陰陽聲顛倒了（這裏的陰陽聲是調類，與古音學的陰陽聲之為韻類不同。在古音學中，陰聲是以元音收尾的韻，陽聲是以鼻音收尾的韻，入聲是以塞音收尾的韻）。『捷』字在《廣韻》屬『疾葉切』，嚴格來說，『捷』應該讀〔_dzip〕，即『連接』的『接』的陽入聲。但粵語早已沒有這個讀音，凡是『疾葉切』的字，現在全都讀開口韻『截』，陽入聲。

現在『敏捷』、『快捷』的『捷』從『手』字偏旁。『捷』本解作『獵獲』，又解作軍隊所擄獲的戰利品。所以打勝仗又叫『捷』，例如『報捷』、『一月三捷』。『快捷』的『捷』本來有兩個寫法。東漢的《說文解字》解作『快』的是沒有『手』偏旁的『疌』（《說文》：『疌，疾也。』）。另外，立人旁的『倢』則解作『便利』（《說文》：『倢，伇也。』『伇，便利也。』按：『伇』音『次』）。所以『捷徑』的『捷』本該寫作『倢』。魏國的《廣雅》解『倢』為『疾』，即『快速』，證明『疌』和『倢』同用了。後來，『捷』取代了『疌』

6

和『倢』，除了解作『勝利』外，還解作『快』和『便利』，所以現在『快捷』、『敏捷』、『報捷』和『捷徑』的『捷』都用『手』字偏旁。

請記住：『快捷』的『捷』的同音字不是『節目』的節，而是『截止報名』的『截』。

例字	聲調	粵音同音字	詞語
捷	陽入	截	敏捷 捷徑 捷足先登

4. 昨日　　粵讀：鑿日

　　上一講談到『快捷』的『捷』並非與『節目』的『節』字同音，而是與『攔截』的『截』字同音。『截』讀陽入聲。在《廣韻》，『截』的切語是『昨結切』。『昨』的切語是『在各切』，粵讀作『鑿』，陽入聲。粵音反切其中兩句口訣是『上字辨陰陽，下字辨平仄』（用別的漢語方音反切也一樣）。『攔截』的『截』之所以讀陽入聲，是因為『昨』字屬陽聲調，『結』讀入聲，『昨』、『結』合起來便是陽入。

　　現在不少人把『昨日』讀成『作日』，即是把『昨』字讀成和『工作』的『作』字同音，於是陽入聲便變成中入聲。中入聲屬陰聲調系統。所以，如果把『昨』誤讀成『作』，那麼『昨結切』切出來的字便變成陰入或中入聲而不是陽入聲，那就切不出『截』字了。

　　請記住：粵音『昨日』的『昨』字跟『證據確鑿』的『鑿』字同音，都是陽入聲字。把『昨』讀成『作』便是顛倒陰陽了。

『作』字從『乍』。『乍』字的《廣韻》切語是『鋤駕切』，讀『榨』的陽去聲。『榨』字的《廣韻》切語是『側駕切』，讀陰去聲。我們不要把『乍〔_dza〕暖還寒』誤讀為『榨〔ˉdza〕暖還寒』。

例字	聲調	粵音同音字	詞語
昨	陽入	鑿	昨日 昨夜 今是昨非

5. 綜合　　粵讀：眾合

『祖宗』的『宗』大家都會寫、會讀。有趣的是，以『宗』字作為右邊聲符的常見字沒有一個讀作『宗』。例如：『流水淙淙』的『淙』讀作『叢』；『琮』是一種玉器，也讀作『叢』；『悰』也讀作『叢』，解作『心情』，『離悰』即『離別的心情』。最常見的是『綜合』的『綜』。『綜』，《廣韻》讀『子宋切』，解作『織縷』。『子』字讀陰上聲，『宋』字讀陰去聲，反切上字辨陰陽，下字辨平仄，『子』的陰聲和『宋』的去聲合起來是陰去聲。所以『綜』字的粵讀與『羣眾』的『眾』同音，屬陰去聲。切勿讀成屬陰平聲的『宗』。普通話把『綜』字讀陰平聲，並無韻書作為根據，粵讀不要跟隨。

大家可能會問，那麼『棕櫚樹』的『棕』和『失踪』的『踪』為甚麼都讀作『宗』？答案是：『棕』是『椶』的俗寫，『踪』是『蹤』的俗寫，讀作『宗』的是『椶』和『蹤』。

『倧』是上古一位神人，『倧』和『宗』同音。這個字現在已十分少見。

例字	聲調	粵音同音字	詞語
綜	陰去	眾	綜合 錯綜複雜 綜核名實

6. 梵文、樊遲　

梵文是印度古代的一種語言文字。因為古印度佛經用梵文寫，所以佛經又叫『梵經』，而佛寺則叫『梵刹』。『梵』在《廣韻》屬『扶泛切』，現在粵音讀作『吃飯』的『飯』，陽去聲。因為『梵』的主諧字是『凡』，所以很多人誤讀『梵』作『凡』，陽平聲，於是便把『梵文』讀作『凡文』。這當然是錯的。

唐朝李紳〈題法華寺五言二十韻〉排律第十四聯：『磬疏聞啟梵，鐘息見安禪。』第一句的格律是『平平平仄仄』，第五字一定要讀仄聲，把『梵』字誤讀平聲便會破壞格律。

和『梵』的遭遇相反的是『樊籠』、『樊籬』的『樊』。『樊』是陽平聲字，《廣韻》讀『附袁切』，解作『樊籠。亦姓，……』。讀『樊籠』這個詞時一般人都不會錯。但當『樊』字作為姓氏時，很多人卻把『樊』讀作『飯』，變成陽去聲。這個習慣一定要改。

宋朝蘇軾〈杭州牡丹開時僕猶在常潤周令作詩見寄次其韻復次一首送赴闕〉七律二首其一尾聯：『從此年年定相見，欲師老圃問樊遲。』第二句的格律是『平平仄仄仄平平』，第六字一定要讀平聲。『樊』是姓，樊遲是孔子學生。

說到『梵文』這個『梵』字，大家都知道天主教教宗在羅馬居住的皇城叫 "the Vatican"，前人譯作『梵蒂岡』。『梵』的佛家意味這樣濃厚，譯者是不是別有用心呢？

例字	聲調	粵音同音字	詞語
梵	陽去	飯	梵文 梵剎
樊	陽平	煩	樊籠 樊遲

7. 覆蓋　　粵讀：阜蓋

　　『天翻地覆』的『覆』讀作『福』（〔ˈfuk〕），解作『反轉』。『反轉』的引申義是『敗亡』，所以有『覆滅』、『全軍覆沒』這些詞語。『反轉』又引伸為『蓋着』，但是『覆』解作『蓋着』時卻不讀陰入聲，而要讀作『副』，陰去聲，或讀作『阜』，陽去聲。

　　『翻覆』的『覆』來自《廣韻》的『芳福切』。陰去聲『副』來自《廣韻》的『敷救切』，《廣韻》的解釋是『蓋也』。『敷救切』本該讀〔ˉfɐu〕，為甚麼現在要讀作『副』呢？原來『正副』的『副』的切語也是『敷救切』。如果『副』這樣常見的字都不讀〔ˉfɐu〕，其他屬『敷救切』的字又怎可以不跟從它呢？同樣地，『婦』字在《廣韻》屬『房久切』，現在已讀〔√fu〕而不讀〔√fɐu〕。但『覆』讀〔ˉfu〕可能有點失真，所以現在沒有人把『覆蓋』讀作『〔ˉfu〕蓋』。會讀及物動詞『覆』的人都用陽去聲『阜』（〔˷fɐu〕）這讀音。『覆蓋』的『覆』來自『扶富切』，『富』的切語是『方副切』，『正副』的『副』和『富貴』的『富』的粵音韻母都應該是〔-ɐu〕，所以『扶富切』便要讀作『阜』，陽去聲。

『周而復始』的『復』也可以讀作『阜』，在《廣韻》也屬『扶富切』。《廣韻》解屬『扶富切』的『覆』為『伏兵曰覆』，有『遮蓋』的意義。所以現在覆蓋也不必讀作『副蓋』，只要讀作『阜蓋』便可以。讀作『福蓋』卻是錯的。同樣地，『天翻地覆』的『覆』要讀作『福』，但『天覆地載』的『覆』便要讀作『阜』了。

例字	聲調	粵音同音字	詞語
覆 （遮蓋）	陽去	阜	覆蓋 覆育 天覆地載

8. 緋聞　　粵讀：非聞

　　我們喜歡叫男女間的情慾傳聞作『緋聞』。『緋』解作『紅色』，所以緋聞即是紅色傳聞。這詞語造得頗傳神。

　　在《廣韻》，『緋』和『非』、『飛』都屬『甫微切』，陰平聲。可惜，有些廣播員既不識字又不翻查字典，竟然誤讀『緋聞』作『匪聞』，即是把屬陰平聲的『緋』字讀成屬陰上聲的『匪』字，把紅色傳聞變成匪徒傳聞。影響所及，不少教師都盲目跟從那些廣播員讀『匪聞』，貽誤學子。

　　雖然這麼多人把『緋聞』讀成『匪聞』，但是在口語裏，我們形容一個人面色紅潤卻懂得講『紅粉緋緋』，絕對不會講『紅粉匪匪』。由於心中沒有『緋』的字形，反而讀對『緋』字。甚至有人以為『紅粉緋緋』的『緋』是『飛天』的『飛』。這種得過且過的態度是相當可怕的。

例字	聲調	粵音同音字	詞語
緋	陰平	非、飛	緋聞 緋紅 牙緋

9. 改革、革命 　粵讀：改隔、隔命

越來越多人把『革命』讀成『甲命』，這是錯的。『革』是〔-k〕收音的，而『甲』是閉口〔-p〕收音的，差別很大。

『革』誤讀成『甲』極可能是『革命』一詞作怪，也是由於我們把『革命』讀得急促所致。如果『革命』一詞讀得急促，那麼『革』的〔-k〕收音未發完，『命』的〔m-〕起音已經發出了。〔m-〕是閉口的，口閉得太快，〔-k〕收音便變成〔-p〕收音。『革』（〔ˉgak〕）受了『命』的聲母影響，於是變成『甲』（〔ˉgap〕）。久而久之，有些以為『革』就應讀作『甲』的廣播員便把這錯誤傳揚開去，以致不少教師都把『革』字讀錯了。於是『革命』便讀成『甲命』，『改革』便讀成『改甲』，『皮革』便讀成『皮甲』。但是『革職』卻幾乎沒有人錯讀成『甲職』，這又是習慣使然。因為『革職』是常用詞，而『職』的起音並非閉口，所以並沒有騷擾到『革』的〔-k〕收音。同樣是『革』字，讀『革職』時沒錯，讀『革命』時便錯，這就是讀字時不運用邏輯思維的結果。

『新婦』一詞也遇到類似的問題。粵口語把『新婦』讀成『心抱』，再寫成『心抱』。『婦』讀作『抱』是保留『婦』的上古聲母，一如『番禺』的『番』讀作『潘』。『新』的收音是〔-n〕，『抱』的起音是〔p-〕，閉口，『新抱』急促連讀便使『新』的收音變成閉口〔-m〕，再由口語音演變成『心抱』這象聲詞。可幸的是，沒有人以為『新』讀作『心』。

例字	聲調	粵音同音字	詞語
革	中入	隔、格	改革 革命 皮革

10. 骨骼　粵讀：骨格

　　『骨骼』的『骼』在《廣韻》屬『古伯切』，和『性格』的『格』同音。如果讀作『聯絡』的『絡』便錯了。《說文解字》說：『禽獸之骨曰骼』。在《說文》裏，『禽』即是『獸』，並非『飛鳥』。所以『禽獸之骨』即是『獸骨』。《禮記・月令》說到孟春之月，有一句『掩骼埋胔』，意即把暴露在田野上的骨和腐肉掩埋。『胔』音『自』，是腐爛的肉。這裏的『骨』似乎並不限於獸骨，但是暴露在田野上的骨當然以獸骨為最多。

　　『骨骼』連用，最晚南朝已經見到。骨骼由眾骨連繫而成。

　　現在這麼多人把『骼』讀成『絡』，顯然是受了『聯絡』的『絡』、『駱駝』的『駱』和『洛陽』的『洛』的字形所影響。如果他們受『性格』的『格』的字形所影響便好了。說來說去，都是不查字典害事。

例字	聲調	粵音同音字	詞語
骼	中入	格、隔	骨骼 掩骼埋胔

11. 糾紛、糾正　

有些人把『糾紛』讀成『斗紛』，把『糾正』讀成『斗正』，都是錯的。

『糾』字的《廣韻》切語是『居黝切』，陰上聲，本義是『纏合』。例如：『糾纏』的『糾』即是『纏』，『糾合』、『糾聚』、『糾黨』、『糾族』的『糾』即是『合』。因纏繞而引伸到雜亂的意思，『糾紛』、『糾雜』的『糾』即解作『亂』。見亂便要正，『糾正』、『糾謬』的『糾』即解作『正』。不想『亂』便要監察督導，『糾察』、『糾彈』、『糾勵』的『糾』便解作『督察』。

因為草書的影響，後來竟然有些人把『糾』字寫成『糾』，繼而把整個字錯讀成『斗』。其實『糾』字是見於韻書的，在《集韻》屬『他口切』，陰上聲，讀〔ˇtɐu〕，解作黃色絲，和『糾紛』的『糾』毫無關係。

例字	聲調	粵音同音字	詞語
糾	陰上	九、苟	糾紛 糾正 糾察

12. 紀念、紀律　　粵讀：己念、己律

　　『地產經紀』的『紀』字大抵不會有人讀錯。但是受到一部分廣播員的影響，『紀念』就有人讀成『記念』，『紀錄』就有人讀成『記錄』，『紀律』就有人讀成『記律』。分明是『糸』字旁一個『己』，卻當作『言』字旁一個『己』來讀。問他們為甚麼『經紀』不讀成『經記』，他們也很難解釋。總之廣播員怎樣讀他們就怎樣讀，就像這世界上沒有字典一樣。

　　『紀』字在《廣韻》屬『居理切』，讀陰上聲，別無他聲。『紀』的本義是把一綫一綫的絲理好，所以有『整理』的意思；引而伸之，又有『法則』的意思。『紀錄』的『紀』又和『記錄』的『記』相通。那麼書寫時，『紀錄』對還是『記錄』對呢？兩個寫法都有歷史根據。只不過選擇『紀錄』時就不要把『紀錄』讀成『記錄』。『紀律部隊』更不能讀成『記律部隊』，因為『紀律』的『紀』解作『法則』，和『記』字並無相關意義。

普通話『紀』字讀成〔jì〕，去聲，和『記』字同音。
從《廣韻》的角度看，這是錯讀。這錯讀影響了不少香港
人，包括香港的廣播員，使他們以為『紀』本就應該讀作
『記』。分明是錯讀卻能輕易地影響到我們，你說我們香
港人的語文基礎是多麼薄弱呢？但是『經紀』、『世紀』、
『年紀』我們卻不會讀錯，為甚麼『紀律』偏要讀錯呢？這
就是我們讀字時不思考讀音問題之過。

例字	聲調	粵音同音字	詞語
紀	陰上	己	紀念 紀律 紀錄

13. 強勁、競爭 粵讀：強敬、勁（『敬』陽去聲）爭

『競賽』的『競』字讀陽去聲，即是『尊敬』的『敬』字的陽去聲。『強勁』的『勁』字讀陰去聲，和『敬』字同音。一陽一陰，字典分辨得非常清楚。但是我們日常讀這兩個字時卻弄得非常不清楚。像『競選』，不少人誤讀成『敬選』，其他像『競賽』、『龜兔競走』、『競爭』的『競』，我們往往誤讀成『尊敬』的『敬』。至於『強勁』的『勁』，我們卻讀成『競選』的『競』。口語更清一色讀作『競』，例如『好勁』、『勁歌金曲』。

不過，口語音歸口語音，讀書音歸讀書音，不應該混為一談。處理書面語尤其要持嚴肅態度，所以，『強勁』、『起勁』、『剛勁』、『勁敵』、『勁旅』、『疾風勁草』的『勁』一定要讀陰去聲，而『競賽』、『競選』、『競爭』、『龜兔競走』、『龍舟競渡』的『競』卻一定要讀陽去聲。

『勁』字的《廣韻》切語是『居正切』，解作『勁健也』。『居』讀陰平聲，『正』讀陰去聲。『上字辨陰陽，下字辨平仄』，『陰』和『去』合起來就是陰去聲。『競』字的

《廣韻》切語是『渠敬切』，解作『爭也、強也、逐也』。『渠』讀陽平聲，『敬』讀陰去聲。上字的『陽』和下字的『去』合起來就是陽去聲。塞音和塞擦音聲母遇陽去聲一定不送氣，所以『渠敬切』讀『敬』的陽去聲，同音字有『倞』和『痙』。

例字	聲調	粵音同音字	詞語
勁	陰去	敬	強勁 勁敵
競	陽去	倞	競爭 競選

14. 坎坷　粵讀：砍可

　　大家一定聽過八卦的卦名吧。八卦是乾、坎、
艮、震、巽、離、坤、兌。『坎』字讀『堪』的陰上聲，
和『砍伐』的『砍』字同音。不知道大家聽過『坎坷』
（〔ˇhɐm ˇhɔ〕）這個詞沒有呢？可能沒有，因為大部分廣
播員都把『坎坷』讀成『堪呵』（〔ˈhɐm ˈhɔ〕）。《說文解字》
說：『坷，坎坷也。』『坎坷』本來形容路途不平坦，於是
引伸為『不得志』。在《廣韻》，『坎』字屬『苦感切』，讀
陰上聲；『坷』字屬『枯我切』，也讀陰上聲。『苦』、『枯』
都屬『溪』母，所以『坎坷』是雙聲形容詞。『坎坷』又可
以寫成『轗軻』，『軻』字在這個詞裏也屬『枯我切』，讀作
『可』（見《廣韻》）。普通話雖然不尊重傳統讀音，但『坎
坷』一詞兩字都保留了上聲，讀作〔kǎn kě〕（兩個第三聲
字連讀，第一字依例變成第二聲）。

　　蘇軾〈次韻王定國馬上見寄〉七律第二聯：『疎狂似
我人誰顧，坎軻憐君志未移。』『坎軻』即『不得志』，都
讀上聲。『坎軻憐君志未移』整句的格律是『仄仄平平仄

仄平』，如果『軻』字讀作平聲『呵』，整首詩的格律便給破壞了。

例字	聲調	粵音同音字	詞語
坎	陰上	砍	坎坷 坎卦
坷	陰上	可	坎坷 困坷

15. 休憩　粵讀：休戲

　　大家有沒有聽過別人把『休憩〔〔ˉhei〕〕場所』讀成『休簟〔〔ˎtim〕〕場所』呢？我就常聽到。這樣讀是錯的。『憩』音『戲』，解作『歇息』（《廣韻》讀『去例切』，解作『息也』）。『休憩』即是『休息』。『憩』的本字是『愒』，《說文解字》說：『愒，息也。』宋初徐鉉奉敕校《說文》，於『愒』字下注云：『臣鉉等曰，今別作「憩」，非是。』不過見諸碑帖，漢朝已有『憩』字，所以也算得上源遠流長。後來更取代了『愒』，成為日常用字。

　　《詩・召南・甘棠》：『蔽芾甘棠，勿翦勿敗，召伯所憩。蔽芾甘棠，勿翦勿拜，召伯所說〔音『稅』〕。』如果把『召伯所憩』讀成『召伯所〔ˎtim〕』，這篇詩便押不到韻。

　　為甚麼我們會把『憩』字讀〔ˎtim〕呢？我有以下的推測。最晚不過明代，『憩』字已經有一個俗寫：『憇』。這個俗寫使我們以為『憇』和『甜』音近。因為它到底不是『甜』字，所以不敢讀成『甜』，於是把它讀『甜』的上聲，

好像『雖不中不遠矣』。其實，只要先翻查一下字典，便無須用賭博的心態去猜度讀音了。

例字	聲調	粵音同音字	詞語
憩	陰去	戲、器	休憩 憩息 憩石

16. 刊物　粵讀：頇（『看』陰平聲）物

　　有人把『刊物』讀成『罕物』，把『周刊』讀成『周罕』。『刊』是陰平聲字，《廣韻》切語是『苦寒切』，和『顢頇』的『頇』、『看守』的『看』同音，讀陰上聲是錯的。可能因為『刊』和『罕』形近，所以才產生這個錯讀。

　　『刊』現在解作『刻』。古時的書主要是刻本。其實，這解作『刻』的『刊』字是假借字。見諸《說文解字》，『刊』解作『削』，並不解作『刻』。解作『刻』的是『栞』和『㮨』。這兩字後來都被筆畫較少的同音字『刊』字所取代。『刻』有紀錄的意思，『削』有除去的意思，兩個相反的意義竟然由一個『刊』字負責表達，所以間中會引起意義上的混淆。

　　『刊印』的『刊』解作『刻』，『刊印物』又叫『刊』，像『報刊』、『書刊』便是。『停刊』即是停止刻印某刊物。『刊石』即是『刻石』。但『刊改』的『刊』便有『刪削』的意思。『刊改』即『訂正』，『刊削』即『刪除』。如果有人形容你的理論是『不刊之論』，請不要以為他說你的理論

不適宜刊登；其實他是說你的理論一定流傳後世，不會被取代。因為『不刊之論』的『刊』解作『削除』，並不解作『刊登』。這就是一字異義所產生的問題。

例字	聲調	粵音同音字	詞語
刊	陰平	頇	刊物 報刊 不刊之論

17. 酗酒　　粵讀：去酒

　　毫無節制地喝酒叫『酗酒』。讀成『凶酒』當然是錯的。黃錫凌的《粵音韻彙》教人讀『〔⁻jy〕酒』，把『酗』讀『於』的陰去聲，可以算是帶鄉音的讀法。這讀音被廣播員傳揚開了，影響甚深。我們讀字一向不靠字典而只靠口耳相傳，因此往往弄錯聲調。近來，有些廣播員因為無法掌握陰去聲〔⁻jy〕，就讀成陽去聲和陰平聲。『酗酒』於是變成『預酒』和『於酒』，使我不忍卒聽。

　　『酗』原作『酌』，《說文解字》解作『醉營也』。『營』音〔‑wiŋ〕。『酗』是隸書寫法。『酗』字在《廣韻》的讀音是『香句切』，粵音讀作『去』，陰去聲。《廣韻》解作『醉怒』。『酗』和『和煦』的『煦』的陰去聲讀音同音。『煦』字在《廣韻》有兩個讀音：『況羽切』和『香句切』。『況羽切』是〔ˇhœy〕，陰上聲，『香句切』是〔⁻hœy〕，陰去聲。所以『和煦』可以讀『和〔ˇhœy〕』，也可以讀『和〔⁻hœy〕』。我一個表親的名字有一個『煦』字，我還記得小時候聽見來自他家鄉的父老叫他『阿〔⁻jy〕』。換言之，他的長輩選擇了把『煦』字讀陰去聲，再用鄉音改變了聲

母讀出。大家都知道『羊』音〔ᵢjœŋ〕，但我以前的裁縫師傅卻一定把『〔ᵢjœŋ〕毛』讀成『〔ᵢhyœŋ〕毛』。無它，鄉音使然也。《粵音韻彙》把『酗』和『煦』列為同音字，都讀〔ˉjy〕；卻把『許』和『煦』的本字『昫』列為同音字，讀〔ˇhœy〕。《粵音韻彙》是一本上世紀三十年代出版的小冊子，並沒有注明每個讀音所根據的切語，也沒有說明審音的準則。在『況羽切』和『香句切』兩個切語中，『況』和『香』中古音都屬『曉』母，『羽』和『句』韻母都屬合口三等，而兩個切語都只針對『煦』字。為甚麼『煦』字在沒有不同解釋的情況下，粵讀的陰上聲和陰去聲要有不同聲母呢？審音一定要訴諸學理，不然就會貽誤後學。

例字	聲調	粵音同音字	詞語
酗	陰去	去	酗酒 酗酣 淫酗肆虐

18. 贈券　粵讀：贈勸

『贈券』、『證券』、『書券』和『抽獎券』都是現代的常用詞，但是不少人把『券』字讀作『眷屬』、『眷戀』的『眷』。這是錯的。

『贈券』的『券』和『勸告』的『勸』是同音字，在《廣韻》都見於『去願切』小韻，粵音讀〔⁻hyn〕。至於『眷』字則屬『居倦切』，粵音讀〔⁻gyn〕。

《說文解字》說：『券，契也。』『券』即是書契、契約。契以刀刻而成，所以『券』從『刀』，並不從『力』。上古時，立契約雙方把契約分為左右兩半，契約的左半叫『左券』，右半叫『右券』。《史記・田敬仲完世家》記載蘇代對田軫（即陳軫）說：『公常執左券以責於秦、韓。』因為陳軫對秦國和韓國有大恩德，秦、韓都欠他人情，所以陳軫隨時可以叫秦、韓還人情債，就好像拿着左券追債一樣。不過，右券也可以用來追債。《史記・平原君虞卿列傳》記載公孫龍對平原君說：『且虞卿操其兩

權，事成，操右券以責；事不成，以虛名德君。』可見拿着右券也可以追討利益，全視乎契約內容而已。

例字	聲調	粵音同音字	詞語
券	陰去	勸	贈券 證券 書券

19. 絢爛 粵讀：勸爛

十日為旬，『上旬』、『中旬』、『下旬』這個『旬』字大家都認識。『旬』加『艸』頭是『孔子、孟子、荀子』的『荀』，『旬』加『竹』頭是『竹筍』的『筍』。『旬』加『糸』旁既不讀作『荀』，也不讀作『筍』，而讀『喧』的陰去聲，粵讀和『勸告』的『勸』字同音。

『絢』字在《廣韻》屬『許縣切』，解作『文彩皃』。目前有不少人把『絢』字錯讀成『荀』，恐怕是因為形近而訛吧。《論語‧八佾》記載子夏引詩：『巧笑倩兮，美目盼兮，素以為絢兮。』這幾句不見於《詩經》，即是所謂『逸詩』。『倩』、『盼』、『絢』都是押韻字，把『絢』讀成『荀』便押不到韻。《說文解字》釋『絢』字，只說：『《詩》云：「素以為絢兮。」』當是引自《論語》。

唐代韋應物〈同德精舍養疾寄河南兵曹東廳掾〉五言古詩整首押去聲韻，最後四句說：『豈知晨與夜，相代不相見。緘書問所如，訊藻當芬絢。』如果把『絢』字錯讀成『荀』，整首詩便會失韻，也不能稱為詩了。

『絢爛』是常用詞，指光彩燦爛。文辭華麗富贍，也可以用『絢爛』去形容。南宋周紫芝《竹坡詩話》說：『東坡嘗有書與其姪云：「大凡為文，當使氣象崢嶸，五色絢爛。漸老漸熟，乃造〔讀作『糙』，陰去聲，解作『至』〕平淡。」』喜歡寫文章的朋友可以參考箇中道理。

例字	聲調	粵音同音字	詞語
絢	陰去	勸	絢爛 芬絢 素以為絢

20. 任安 粵讀：吟安

『責任』的『任』作為姓氏，粵音並不讀陽去聲，而是讀陽平聲，和『淫』、『壬』、『吟』是同音字。『任』作為姓氏，普通話也讀陽平聲，即是普通話的第二聲，和『人』、『仁』、『壬』同音。

『姓任』的『任』在《廣韻》屬『如林切』，陽平聲，解作『堪也、保也、當也。又姓』。即是說，『任』解釋為能夠抵受、保守和擔當。另外，『任』也是姓氏。當我還是學生時，姓任的同學都自稱姓『吟』，從沒自稱姓『賃』。讀大學時，一位姓任的同學因為名字中有一個『漢』字，所以被同學賜以『淫漢』綽號。如果當時『任』字讀作『責任』的『任』，這諧音綽號便不會加諸那位同學了。二十多年前，因為廣播員改讀〔jɐm〕為〔jɐm〕，大家才一窩蜂跟隨，包括我那位同學。

當我們讀古典作品時，一定要注意『任』字的讀法，應讀陽平聲時就不要讀陽去聲。後漢王粲〈登樓賦〉：『情眷眷而懷歸兮，孰憂思〔讀陰去聲〕之可任。憑軒

檻以遙望兮，向北風而開襟。』『任』字作『抵受』解，和『襟』字叶韻，一定要讀陽平聲。唐朝韋莊〈和薛先輩見寄初秋寓懷即事之作二十韻三用韻〉五言排律第十三聯：『入夜愁難遣，逢秋恨莫任。』『任』字也作『抵受』解。這聯的格律是『仄仄平平仄，平平仄仄平』，所以『任』字一定要讀平聲。唐朝駱賓王〈樂大夫挽詞五首〉五律其一末聯：『誰當門下客，獨見有任安。』『任』是姓，一定要讀陽平聲。這聯的格律是『平平平仄仄，仄仄仄平平』，『任』字正好落在一個不能改變平仄的平聲位置。韋莊〈和薛先輩見寄初秋寓懷即事之作二十韻〉五言排律第十三聯：『鑒貌寧慚樂，論才豈謝任。』『樂』指晉朝樂廣，『任』指南朝任昉。這聯的格律是『仄仄平平仄，平平仄仄平』，『任』字一定要讀平聲。

例字	聲調	粵音同音字	詞語
任 （姓） （堪也）	陽平	吟、淫、壬	任安 任昉 恨莫任

21. 漣漪　粵讀：漣依

　　粵音很多日常錯讀字是因錯讀聲調而成的。『漣漪』的『漪』就是一個例子。《廣韻》的『於離切』小韻有『漪』字，粵讀如『依』，陰平聲，解作『水文也』。水文即水面的波紋。

　　《詩·魏風·伐檀》：『坎坎伐檀兮，置之河之干兮，河水清且漣猗。』《詩經》用的是『猗』字，沒有『水』旁，並且是一個嗟歎詞，一如『兮』字。後來『猗』字加『水』旁，與『漣』大致同義。『漪』字除了和『漣』字合成一個詞外，也可以獨用。

　　晉朝左思〈吳都賦〉：『相與昧潛險，搜瓌奇；摸蟳蝐，捫觜蠵〔音〔ˌwɐi〕及〔ˌkwɐi〕，《廣韻》：『觜蠵，大龜。』〕。剖巨蚌於迴淵，濯明月於漣漪。』其中『奇』、『蠵』和『漪』是押韻字，都讀平聲。

　　唐朝儲光羲〈同諸公秋日遊昆明池思古〉五言古詩其中六句：『迴塘清滄流，大曜懸金暉。秋色浮渾沌，清光

隨漣漪。豫章盡莓苔，柳杞成枯枝。』這首詩押平聲韻，『漪』是其中一個用韻字。

因為『漪』和『椅』、『倚』以及『旖旎』的『旖』字形近，所以不少人以為『漣漪』讀作『漣椅』，這就猜錯了。要讀對一個字，只是靠推算猜度是行不通的，翻查字典才是最好的辦法。

『漣』字在《廣韻》屬『力延切』，和『連』字同音。不過，在上古時期，『漣』是『瀾』字的或體。《說文解字》：『瀾或从連。』看來，『漣漪』一詞真的經過一番形、音、義的變化才成為今天的〔ˌlin ˈji〕。

例字	聲調	粵音同音字	詞語
漪	陰平	依、伊	漣漪 綠漪 漪瀾

22. 模擬　　`粵讀：模以`

　　『懷疑』的『疑』字大家都不會讀錯，『模擬』的『擬』字就不是每個人都讀得對。錯讀『擬』字的人主要是把『擬』讀作『疑』，這是名副其實的『有邊讀邊』了。

　　『模擬遊戲』是訓練課程裏常見的項目，不少人把『模擬遊戲』讀作『模疑遊戲』。這錯誤完全是不翻查字典而引致的。『疑』讀陽平聲，『擬』讀陽上聲，切勿讀陽平聲。『擬』現在解作『模仿』、『相比』、『揣度』、『打算』。不過，在《說文解字》裏，解作『模仿』、『相比』的是『儗』字，解作『揣度』、『打算』的才是『擬』字。《說文》：『儗，僭也。』又：『擬，度也。』《廣韻》的『魚紀切』小韻有『擬』和『儗』兩字，解法和《說文》一樣。今天，我們日常不會用『儗』字，『比儗』、『儗人法』一般都寫成『比擬』、『擬人法』。

　　《世說新語‧言語》有以下記載：『謝太傅寒雪日內集，與兒女講論文義。俄而雪驟。公欣然曰：「白雪紛紛何所似。」兄子胡兒曰：「撒鹽空中差可擬。」兄女曰：

「未若柳絮因風起。」公大笑樂。』謝安三人詠雪聯句所用的是『柏梁體』，句句用韻，單雙句都可以收。這聯句用『似』、『擬』、『起』三個上聲字押韻。『擬』字絕不能讀作『疑』，否則這柏梁體便遭破壞了。

例字	聲調	粵音同音字	詞語
擬	陽上	以、已	模擬 比擬 擬人法

23. 友誼　粵讀：友義

　　『仁義』的『義』大家都不會讀錯。不過，如果大家平時都看古書，便不難發現『仁義』的『義』有時是寫為『誼』的。『誼』和『義』不但同義，而且同音，在《廣韻》同屬『宜寄切』，讀陽去聲。不過很多人把『誼』字誤讀成『宜』，陽平聲。雖然『誼』和『宜』在意義上有關連，但在讀音上就有平仄之分。

　　《說文解字》：『誼，人所宜也。』又：『義，己之威儀也。』可以看得出，『誼』指行事合宜，義指守身合宜。清朝段玉裁《說文解字注》說：『周時作「誼」，漢時作「義」，皆今之「仁義」字也。其「威儀」字則周時作「義」，漢時作「儀」。』可見作『仁義』解，『誼』較『義』還要早。

　　西漢有一位才子叫賈誼，《史記‧屈原賈生列傳》記載了他的事跡。我們千萬別讀錯他的名字。唐朝詩人劉長卿〈自夏口至鸚鵡洲夕望岳陽寄源中丞〉七律尾聯：『賈誼上書憂漢室，長沙謫去古今憐。』第一句的格律是

『仄仄平平平仄仄』，第二字一定要讀仄聲。如果把『誼』字誤讀作『宜』，這首七言律詩便不能稱律詩了。

例字	聲調	粵音同音字	詞語
誼	陽去	義、異	友誼 誼父 仁誼

24. 屋簷　　粵讀：屋鹽

　　廣東口語稱『壁虎』為『簷蛇』，『蛇』字會用陰上聲口語變調講出來，所以『簷蛇』會講成『鹽寫』。『壁虎』即是『牆壁上的老虎』，『簷蛇』即是『屋簷下的蛇』，兩個詞各具神韻，異曲同工。

　　可能我們一向不習慣查字典吧，所以看見『簷』字便當作『蟾宮折桂』的『蟾』字來讀，不再深究。反而在口耳相傳的『簷蛇』一詞中，因為講者心中沒有『簷』的字形，所以『簷』的正讀得以保存。

　　《說文解字》沒有『簷』字，只有『檐』字。《說文》：『檐，㮰也。』『㮰』讀〔￼pei〕。北宋初徐鉉校《說文》，在『檐』字條下注云：『臣鉉等曰：今俗作「簷」，非是。』《廣韻》收『簷』字，但亦以『檐』為正寫。《廣韻》：『檐，屋檐。《說文》曰：「檐，㮰也。」簷，上同。檐，亦同。』三字都在『余廉切』小韻，和『鹽』字同音。所以，『〔￼jim〕篷』、『屋〔￼jim〕下』是正讀，『〔￼sim〕篷』、『屋〔￼sim〕下』是錯讀。

有一個成語叫『飛簷走壁』，我們或會把這成語讀成『飛〔ˌsim〕走壁』，正因這是歷史悠久的日用成語，早已有字形可見，所以才會讀錯。《水滸傳》第六十六回說：『且說時遷是個飛檐走壁的人。』清朝的《通俗編》又用『飛簷走壁』作標題。因為見諸文字，反而讀錯。『簷蛇』一詞因為不見諸文字，正讀反而得以保存。這真是一個有趣的現象。

例字	聲調	粵音同音字	詞語
簷	陽平	鹽、炎	屋簷 簷前 飛簷走壁

25. 妖豔、妖怪　粵讀：腰豔、腰怪

　　『妖怪』，我們口語講作『〔ˇjiu〕怪』，但正讀是『〔ˋjiu〕怪』，『妖』音『腰』，在《廣韻》屬『於喬切』，陰平聲，解作『妖豔也』。『妖』本作『媄』，《說文解字》：『媄，巧也。一曰，女子笑皃。《詩》曰：「桃之媄媄。」』現在的『妖』字可以說是『媄』的簡體。

　　『妖』本來只有正面的意義，像『巧』、『女子笑』、『妖豔』，都沒有負面的意義。但是『妖怪』就只有負面的意義。原來『妖怪』的『妖』是『祅』的假借字，《說文》：『祅，地反物為祅也。』所以『祅怪』才是正寫。其後『祅』字廢，『妖』便包辦正、負兩面的意義。

　　唐朝元稹〈遭風二十韻〉七言排律第十八聯：『怪族潛收湖黯湛〔〔ˍdam〕〕，幽妖盡走日崔嵬。』第二句的格律是『平平仄仄仄平平』，第二字一定要讀平聲，所以『幽妖』的『妖』一定要讀作『腰』，陰平聲。

　　李商隱〈寄太原盧司空三十韻〉五言排律第七聯：

『酣戰仍揮日，降妖亦鬭霆。』第二句的格律是『平平仄仄平』，第二字一定要讀平聲，所以『妖』字一定要讀作『腰』。

例字	聲調	粵音同音字	詞語
妖	陰平	腰	妖豔 妖怪 降妖

26. 夭折　粵讀：騕（『腰』陰上聲）折

　　『妖怪』的『妖』是陰平聲字，但不少人把它錯讀為陰上聲。『夭折』的『夭』是陰上聲字，但不少人把它錯讀為陰平聲。

　　《說文解字》：『夭，屈也。』屈則易折，所以漢朝劉熙《釋名・釋喪制》說：『少壯而死曰夭，如取物中夭折也。』《廣韻》：『夭，屈也。』『夭』在《廣韻》的切語是『於兆切』，陰上聲。『兆』在中古時期是全濁聲母上聲字，其後才隨『陽上作去』的變化規律讀陽去聲。

　　《廣韻》另有『歹』（讀〔_ŋat〕）字旁的『殀』，解作『歿也』。『歿』即『死亡』。『殀』字較晚出，一般古書都沒有這個字，不過《孟子》通行本則有。《孟子・盡心》：『殀壽不貳，脩身以俟之，所以立命也。』殀壽對比，可見『殀』指短命。南朝顧野王《玉篇》：『殀，短折。亦作夭。』『短折』即『早死』。我們寫『夭折』而不寫『殀折』，可能更近古。

『夭』字如果讀陰平聲，一定具有正面意義而不是負面意義。《廣韻》的『於喬切』小韻有『夭』字，解作『和舒之皃』，和『妖』、『枖』等字同音，粵音都讀作『腰』。《廣韻》：『妖，妖豔也。《說文》作「媄，巧也」。』又：『枖，《說文》云：「木盛皃。《詩》云：『桃之枖枖。』」本亦作「夭」。』可見『夭』字讀陰平聲和『夭折』全拉不上關係。《說文》：『媄，巧也。一曰：女子笑皃。《詩》曰：「桃之媄媄。」』又：『枖，木少盛皃。從木夭聲。《詩》曰：「桃之枖枖。」』通行本《詩・周南・桃夭》則作『桃之夭夭』，〈毛傳〉：『夭夭，其少壯也。』可見『夭』是『枖』的簡寫，和『壽夭窮達』（見《列子・力命》）的『夭』無關。

例字	聲調	粵音同音字	詞語
夭	陰上	腰、窈	夭折 夭逝 壽夭窮達

27. 活躍、智慧　粵讀：活藥、智衛

　　『跳躍』、『活躍』的『躍』字讀陽入聲，《廣韻》切語是『以灼切』。『躍』的粵音同音字有『藥』、『弱』。受到廣播員的影響，很多人把『跳躍』讀作『跳約』、『活躍』讀作『活約』，於是『躍』變成中入聲。但是，『躍躍欲試』、『雀躍』的『躍』字卻很少人錯讀中入聲。因為廣播員並不常用這兩個詞語，所以在羣眾的腦海中，它們的傳統調綴『陽入、陽入、陽入、陰去』和『中入、陽入』便得以保存。

　　『智慧』的『慧』字和『活躍』的『躍』字有着相似的遭遇。『慧』字讀陽去聲，《廣韻》切語是『胡桂切』。『慧』的粵音同音字有『衛』、『胃』。一般來說，我們讀『聰慧』、『慧根』、『慧眼』、『慧劍』、『六祖慧能』都不會讀錯『慧』字。但是我們卻習慣把『智慧』讀作『智畏』，即是把『慧』字誤讀陰去聲。這現象正好說明廣播員的影響力。他們幾乎每天都通過大氣電波，把『智慧』的錯誤調綴『陰去、陰去』投進我們的腦海中，把『智慧』的傳統調綴『陰去、陽去』扭曲了。久而久之，不論你的定力有

多大，當你要講『智慧』時，『智畏』便會衝口而出。試問香港有誰沒聽過『美貌與智畏並重』呢！

例字	聲調	粵音同音字	詞語
躍	陽入	藥、弱	活躍 跳躍
慧	陽去	衛、胃	智慧 慧根

28. 愉快 粵讀：娛快

　　大家都知道香港有『愉景灣』，足球迷都知道香港有一個足球隊叫『愉園』，應該都不會讀錯這兩個詞的『愉』字。『愉』的《廣韻》切語是『羊朱切』，是陽平聲字，粵音同音字有『娛』、『愚』、『魚』。『愉』是一個毫不艱深的字，本來是絕對不應該讀錯的。但『愉快』卻往往被人讀為『愈快』，即是把『愉』誤讀陽去聲。這又是不查字典而被一部分廣播員誤導的結果。

　　讀『愉』為『愈』的第一因一定是瞎猜。首先，我們似乎都覺得以『俞』作為主諧字的字不是讀〔ˌjy〕就是讀〔ˍjy〕。讀陽去聲的其實很少，大抵只有『每下愈況』的『愈』、『痊癒』的『癒』，以及『譬喻』的『喻』。當我們不肯定『愉』字怎樣讀而打算瞎猜時，一就是猜中而讀陽平聲，一就是猜不中而讀陽去聲。自從七十年代有幾位電視藝員把『愉快』誤讀作『愈快』之後，影響所及，連大學教師也跟着他們錯。奇怪的是，在讀字方面我們總是喜歡瞎猜、盲從，連字典也懶得去翻一翻。其實，只要我們肯想一想，為甚麼『愉』字在『愉景灣』一詞中讀作

『娛』而在『愉快』一詞中卻要讀作『愈』呢？我們可能會有尋找答案的衝動。答案就在字典之中。

例字	聲調	粵音同音字	詞語
愉	陽平	娛、愚	愉快 愉悅 歡愉

29. 逾期　　粵讀：娛期

　　很多人把『愉快』讀作『愈快』。因為在七十年代有電視藝員把『愉快』的『愉』讀陽去聲，影響所及，現在由唱片騎師至大學教授都跟着錯。但是，『歡愉』、『愉悅』就差不多沒有人讀作『歡愈』、『愈悅』。同一個『愉』字，同一個解釋，竟然在不同的詞語中有不同的讀音，為甚麼呢？為甚麼不先查一下字典呢？

　　祖國和香港落實『自由行』計劃之前，香港政府常引用一個詞語，叫『逾期居留』。那時候，『逾期居留』的一般都是內地人，他們被政府發現了就會被遞解出境。『逾』又作『踰』，解作『超越』、『越過』。『逾』和『踰』的《廣韻》切語是『羊朱切』，和『愉』、『瑜』、『渝』是同音字，讀陽平聲。當時不少政府人員和新聞報道員都把『逾期居留』讀作『愈期居留』。所以，『逾』字的遭遇和『愉』字一樣，都給人由陽平聲錯誤地變為陽去聲。有人竟然說『逾期居留』讀作『瑜期居留』有問題，因為使人聽起來誤以為是『如期居留』。這理由當然毫無說服力。不

過，如果這樣畏首畏尾，為甚麼不改『逾期居留』為『過期居留』呢？

例字	聲調	粵音同音字	詞語
逾	陽平	娛、愚	逾期 逾越 日月逾邁

30. 參與　粵讀：參預

　　《漢書·高五王傳》：『青州刺史奏終古〔人名〕使所愛奴與八子及諸御婢姦，終古或參與被席。』唐朝顏師古〈注〉：『「與」讀曰「豫」。』其實『參與』的『與』不但讀作『豫』，還解作『豫』。這裏，『豫』和『預』同音同義，都解作『先』。『參與』即參加和預聞。所以『與』也可以寫作『預』。《晉書·惠賈后列傳》：『初，誅楊駿及汝南王亮、太保衞瓘、楚王瑋等，皆臨機專斷，宦人董猛參預其事。』

　　『與』字在《廣韻》有三個讀音。第一個是『以諸切』，讀〔ˌjy〕，陽平聲，和『歟』字同音同義，解云：『《說文》云：「安氣也。」又語末之辭。』（『歟』字在《廣韻》又有『余呂切』陽上聲讀法，解作『歎也』；又有『羊洳切』陽去聲讀法，也解作『歎也』）。第二個讀音是『余呂切』，讀〔ˏjy〕，陽上聲，解云：『善也、待也。《說文》曰：「黨與也。」』第三個讀音是『羊洳切』，讀〔˗jy〕，陽去聲，解云：『參與也。』是以『參與』的『與』，只有陽去聲讀法。讀陽上聲是不對的。

例字	聲調	粵音同音字	詞語
與 （參與）	陽去	預	參與 與聞 與參

31. 彈丸　　粵讀：彈完

　　粵語的口語變調主要由一個較低的聲調提升至『高平調』或『高升調』。比如我們叫一位姓何的朋友做『老〔ˇhɔ〕』，那麼『何』字就由陽平聲提升至陰上聲，即高升調。口語變調可以增加口語的姿彩；但讀書時一定要懂得把調值還原，否則便成錯讀。比如說，讀書時把漢朝開國功臣蕭何讀作『蕭〔ˇhɔ〕』便錯了。

　　有一些字，一般人只懂得用口語變調來讀，而不懂得用原調。『膏丹丸散』的『丸』字便是其中之一。『丸』字的《廣韻》切語是『胡官切』，讀陽平聲，它的口語變調是陰上聲。我們日常叫『藥丸〔﹙jyn〕〕做『藥〔ˇjyn〕』，叫得太多，未必知道『丸』的本音是〔﹙jyn〕。如果讀詩時把『丸』讀陰上聲，恐怕會破壞格律。唐朝李嶠（音〔ˍgiu〕）〈彈〉五律第二聯：『避丸深可誚，求炙遂難忘。』第一句的格律是『平平平仄仄』，如果把『避丸』讀作『避〔ˇjyn〕』便破壞格律。張祜〈送韋整尉長沙〉五律第三聯：『木客提蔬束，江烏接飯丸。』第二句的格律是『平平仄仄平』，所以『飯丸』絕對不能讀作『飯〔ˇjyn〕』。

還有，『彈丸之地』是成語，不能用口語變調去讀任何一個字，所以切勿把這個成語讀作『彈〔ˇjyn〕之地』。『彈』（〔ˍdan〕）的口語變調讀法是〔ˇdan〕，『地』（〔ˍdei〕）的口語變調讀法是〔ˇdei〕，在成語中也絕不適用。

例字	聲調	粵音同音字	詞語
丸	陽平	完、圓	彈丸 飯丸 膏丹丸散

32. 狼戾　　粵讀：狼麗

　　要形容一個人蠻不講理，可以說他『〔ˈlɔŋˇlɐi〕』。突然變得蠻不講理是『發〔ˈlɔŋˇlɐi〕』。『〔ˈlɔŋˇlɐi〕』是『狼戾』的口語變調讀法。『戾』音『麗』，並不音『淚』，《廣韻》『郎計切』小韻有『戾』字，其中一個解釋是『很戾』，即很（狼）毒乖戾。《說文解字》：『戾，曲也。從犬出戶下。戾者，身曲戾也。』『狼戾』的來源甚遠，《戰國策‧燕策》：『夫趙王之狼戾無親，大王之所明見知也。』《漢書‧嚴助傳》：『今閩越王狼戾不仁，殺其骨肉，離其親戚，所為甚多不義。』以上是其中兩個例子。

　　今天的『〔ˈlɔŋˇlɐi〕』並沒有古時的『狼戾』那麼嚴重，不過貶義也很明顯。因為『戾』有乖曲的意義，所以我們有『〔ˇlɐi〕橫折曲』口語詞。因為『戾』有『曲』的意義，所以我們有『瞓〔ˇlɐi〕頸』、『〔ˇlɐi〕轉身』口語詞。這些口語詞證實了『戾』以前的確讀作『美麗』的『麗』，通過口耳相傳，而一般人心中沒有『戾』的字形，『戾』的正讀於是以變調保存在口語之中。但當我們看見『戾』字時，卻把它誤讀作『淚』；於是『暴戾』誤讀作『暴

淚』，『乖戾』誤讀作『乖淚』。但『〔ˈlɔŋˊlɐi〕』卻不講成
『〔ˈlɔŋˊlœy〕』，這就是不查字典所產生的怪現象了。

例字	聲調	粵音同音字	詞語
戾	陽去	麗、厲	狼戾 暴戾 戾氣

33. 閩南語　　

　　福建省簡稱『閩』。上古閩族的聚居地，就在今天的福建省一帶。閩南語是福建南部的方言，也是很多台灣人的母語。

　　『閩』字從『虫』（粵音『委』），『虫』的小篆象蛇的形狀，《說文解字》：『虫，一名蝮。博三寸，首大如擘指，象其臥形。』蝮（粵音『福』）是毒蛇，所以《漢書‧田儋傳》說：『齊王曰：「蝮螫〔粵音『殼』，《廣韻》：『螫，螫也。』〕手則斬手，螫足則斬足。何者？為害於身也。」』《說文解字》：『閩，東南越，蛇種。』『閩』字在《廣韻》有兩個切語，第一個是『武巾切』，解作『閩越，蛇種也』；第二個是『無分切』，解作『閩越也』。這兩個切語，粵音都讀作『文』，陽平聲。

　　因為『閩』字和『閔』字形近，而『閔』又是一個大家都懂得讀的字，所以我們都習慣把『閩南語』讀作『閔南語』。『閔』是陽上聲字，把『閩』讀作『閔』即是錯讀平仄。

錯讀平仄是讀詩和作詩的大忌。唐朝李端〈送友人宰湘陰〉五律首兩聯：『從宦舟行遠，浮湘又入閩。蒹葭無朔雁，檉〔粵音『清』〕桔有蠻神。』第二句『浮湘又入閩』的格律是『平平仄仄平』，第五字既要讀平聲，又要押韻。作者在第五字的位置填上『閩』字，絕對符合近體詩格律。如果我們把『浮湘又入閩』讀作『浮湘又入閔』，這首詩的格律便會被粗暴破壞。

例字	聲調	粵音同音字	詞語
閩	陽平	文、民	閩越 閩南語 濂洛關閩

34. 眼眸

『眼眸』的『眸』是『目童子』。『眸』字在《廣韻》屬『莫浮切』，讀作『謀』。『莫』是陽入聲，『浮』是陽平聲，上字辨陰陽，下字辨平仄，陽入和陽平切合就是陽平聲。有『眸』字的常用詞語有『凝眸』、『明眸皓齒』。

多年前，有一位粵語歌曲填詞人把『眼眸裏』三字填在『535』音階上，於是唱出來便變成『眼謬裏』。碰巧那首歌曲很流行，不少教師和藝員都跟着把『眸』讀作『謬』。讀字胡亂顛倒平仄，本來已經荒謬；出於教師之口，就更為荒謬。一首填錯聲調的歌曲，竟然可以輕而易舉地愚弄身為知識分子的教師。

唐朝李商隱〈聞歌〉七律首聯：『斂笑凝眸意欲歌，高雲不動碧嵯〔粵音『鋤』〕峨。』第一句的格律是『仄仄平平仄仄平』，第四字一定要讀平聲。宋朝李清照〈鳳凰臺上憶吹簫〉詞其中一個版本的下闋：『明朝，這回去也，千萬徧陽關，也即難留。念武陵春晚，雲鎖重樓。記取樓前綠水，應念我、終日凝眸。凝眸處，從今更

數，幾段新愁。』整首詞用平聲押韻，『凝眸』的『眸』字
是押韻字。如果把『凝眸』讀作『凝謬』，格律便遭破壞，
這首詞便不成詞了。

例字	聲調	粵音同音字	詞語
眸	陽平	謀、牟	眼眸 凝眸 明眸皓齒

35. 嫵媚　粵讀：武未

『嫵媚』粵讀和『武未』同音，形容女子、花木、山水等姿態美好可愛，動人心弦。『嫵』字在《廣韻》屬『文甫切』，陽上聲，解作『嫵媚』。『媚』字在《廣韻》屬『明秘切』，陽去聲，也解作『嫵媚』。

『嫵』字有人誤讀作『無』，也有人誤讀作『撫』。『媚』字有人誤讀作『眉』。於是『嫵媚』一詞便有『無眉』、『撫眉』、『無媚』、『撫媚』、『嫵眉』等錯讀。

唐朝李嶠〈洛〉五律首聯：『九洛韶光媚，三川物候新。』第一句的格律是『仄仄平平仄』，第五字的仄聲絕對不能換以平聲，如果把『媚』字讀作『眉』，便破壞了近體詩格律。

唐朝張說〈贈崔二安平公樂世詞〉七言十句失黏排律尾聯：『自憐京兆雙眉嫵，會待南來五馬留。』第一句的格律是『平平仄仄平平仄』，第七字絕不能換以平聲，所以『嫵』字絕不可讀作『無』。

宋朝辛棄疾〈賀新郎〉詞上闋最後四句：『我見青山多嫵媚，料青山見我應如是。情與貌，略相似。』『我見青山多嫵媚』的格律是『仄仄平平平仄仄』，『嫵媚』正好填在兩個仄聲位置上。如果讀作『無眉』，便變成兩個平聲，破壞了詞律。

例字	聲調	粵音同音字	詞語
嫵	陽上	武	嫵媚 眉嫵
媚	陽去	未	嫵媚 嬌媚

36. 銘記　　粵讀：名記

　　『銘』字的粵音同音字有『明』、『名』。在《廣韻》，『銘』字屬『莫經切』，陽平聲，別無他讀。頗多人把『銘』字誤讀作『茗』，由陽平聲變為陽上聲；於是『座右銘』變為『座右茗』，『銘記』變為『茗記』。顛倒平仄，殊不可取。

　　我們讀古典詩詞時，尤其不應該因錯讀而破壞平仄格律。把『銘』字讀作『茗』，以平為仄，一定會破壞詩詞格律。以下是兩個例子。

　　唐朝杜甫〈秦州見敕目，薛三璩授司議郎，畢四曜除監察。與二子有故，遠喜遷官，兼述索居，凡三十韻〉（詩題艱深，故加上現代標點以便理解）五言排律第二十七聯：『上將盈邊鄙，元勳溢鼎銘。』第二句的格律是『平平仄仄平』，第五字用平聲押韻。如果把『銘』字讀陽上聲，便破壞了近體詩格律。

　　宋朝吳文英〈風入松〉詞首四句：『聽風聽雨過清

明，愁草瘞〔粵音『意』，埋也〕花銘。樓前綠暗分攜〔『分攜』即『分手』〕路，一絲柳、一寸柔情。』第二句的格律是『仄仄仄平平』。如果把『愁草瘞花銘』讀作『愁草瘞花茗』，既破壞平仄格律，又押不到平聲韻，那就厚誣古人了。

順便一提，在普通話的官訂讀音中，『名』、『銘』和『茗』是同音字，都讀陽平聲。『茗』字在《廣韻》沒有平聲讀音，一如『銘』字在《廣韻》沒有上聲讀音。所以『茗』讀作『名』是匪夷所思的。

例字	聲調	粵音同音字	詞語
銘	陽平	名、明	銘記 座右銘 瘞花銘

37. 遨遊　

　　常常聽見有聲廣告說『傲遊萬里』、『傲遊五大洲』，一時間不明白為甚麼旅遊要這麼驕傲。後來在電視畫面見到所謂『傲』其實是『遨』字，那才明白原來負責旁白的人讀錯字。這又是不查字典之過。受到廣告的影響，香港人又多讀錯一個字。

　　『遨』，陽平聲，解作『出遊』，本字是『敖』。《說文解字》：『敖，出游也。』《廣韻》：『敖，游也。』又：『或作「遨」。』讀『五勞切』，即讀作『煎熬』的『熬』。《詩·邶風·柏舟》：『汎彼柏舟，亦汎其流。耿耿不寐，如有隱憂。微我無酒，以敖以遊。』《莊子·列禦寇》：『飽食而遨遊，汎若不繫之舟，虛而遨遊者也。』是後世『遨遊』一詞所本。

　　『遨』的同音字有『煎熬』的『熬』、『嗷嗷待哺』的『嗷』、『金鰲』的『鰲』、『翱翔』的『翱』。不幸的是，我們不但把『遨遊』錯讀為『傲遊』，更把『翱翔』錯讀為『傲

翔』。既要驕傲地旅遊，又要驕傲地飛翔，我們香港人的傲氣是否重了一些呢？

例字	聲調	粵音同音字	詞語
遨	陽平	熬、翱	遨遊 遨放 遨戲

38. 抨擊　　粵讀：烹擊

『用屈〔音『掘』，《集韻》：『渠勿切。』〕頭掃把〔'paŋ〕走你』的〔'paŋ〕究竟有沒有其字呢？有。就是新聞報道員錯讀作『評』的『抨』字。『抨』與『烹』是同音字。

《說文解字》：『抨，撜也。』又：『撜，提持也。』指的是木匠彈繩墨時，提起墨繩持而待放的動作。『抨』字在《廣韻》屬『普耕切』，陰平聲，也解作『彈也』。一拉一放是『抨』的本義，所以引弓射箭又稱『抨弓』。杜甫〈自閬州領妻子卻赴蜀山行〉五律三首其三第三聯：『轉石驚魑魅，抨弓落狖鼯。』李賀〈猛虎行〉四言詩：『長戈莫舂，長弩莫抨。』其中『抨』字都用本義。

『抨彈』的引申義是打擊。南朝沈約〈郊居賦〉：『翅抨流而起沫，翼鼓浪而成珠。』其中『抨』字解作『打擊』。粵口語『抨走你』便是『打走你』。

『抨』、『彈』合用又解作『彈劾』。《新唐書‧陽嶠列傳》：『楊再思素與嶠善，知其意不樂彈抨事。』『彈抨』

即『彈劾』。宋朝陸游〈賀蔣中丞啟〉:『某聞人情不遠,立朝誰樂於抨彈。』『抨彈』亦即『彈劾』。

　　香港新聞界喜歡用『抨擊』一詞。『抨擊』即是用言論攻擊。元末明初陶宗儀《輟耕錄》卷二:『臣下有違太祖之制、干朕之紀者,汝抨擊毋隱。』《明史》用『抨擊』一詞凡十數次,都指用言語攻擊,比『批評』還要嚴重。因為香港的新聞報道員把『抨擊』讀作『評擊』,所以知道『抨』應讀作『烹』的人並不多,知道『抨』就是口語『抨走你』的『抨』的人也不多。幸而當我們講『抨走你』的時候,心中並無『抨』的字形,否則我們便會講『評走你』了。

例字	聲調	粵音同音字	詞語
抨	陰平	烹	抨擊 抨彈 長弩莫抨

39. 浦東　粵讀：普東

河流入海的地方叫『浦』。《說文解字》：『浦，瀕也。』《廣韻》：『浦，《風土記》云：「大水有小口別通曰浦。」《說文》：「濱也。」』『浦』和『普』同在《廣韻》的『滂古切』小韻，都讀陰上聲。

上海有黃浦江。相傳戰國時期，楚國春申君黃歇曾經疏導這條江，所以入海處稱為『黃浦』，又名『黃歇浦』。黃浦江以前又叫『春申江』。黃浦的西岸是『浦西』，東岸是『浦東』。當浦西已經很繁榮的時候，浦東仍然是窮鄉僻壤，所以上海當時有諺語云：『浦東一間房，不如浦西一張牀。』以前，一般香港人根本不知道上海有浦西浦東。現在浦東經濟發展迅速，吸引了不少香港人去投資和旅遊，我們至少知道上海有一個叫『浦東』的地方。可惜的是，我們叫那地方做『蒲東』。

我們香港人有一個壞習慣，就是不願意翻查字典，讀字時只依從電台和電視台的讀音，也懶得運用邏輯思維判別對錯。同一個『浦』字，也就是『合浦珠還』、『送

君南浦』的『浦』字，在『黃浦江』就給香港人讀作『埔』，在『浦東』就給香港人讀作『蒲』。『浦』字讀作『蒲』便顛倒平仄，尤其荒謬。我們分明是把『浦』字誤作『蒲公英』的『蒲』字來讀。杜甫〈野望〉七律首聯：『西山白雪三城戍，南浦清江萬里橋。』第二句的格律是『仄仄平平仄仄平』，第二字用仄聲，『南浦』絕對不可讀作『南蒲』。姜夔〈念奴嬌〉下闋首五句：『日暮青蓋亭亭，情人不見，爭忍凌波去。只恐舞衣寒易落，愁入西風南浦。』整首詞押仄聲韻，『南浦』絕不可讀作『南蒲』。多讀古典詩詞，對平仄聲的感覺會敏銳些，錯讀自然會較少。

例字	聲調	粵音同音字	詞語
浦	陰上	普	浦東 合浦珠還 送君南浦

40. 搜索　　粵讀：收揀

　　成語『搜〔〔ˈsɐu〕〕索〔〔⁻sak〕〕枯腸』指作詩文時竭力思索。

　　『搜』，《說文解字》作『挃』，解作『求也』。《廣韻》解作『索也、求也、聚也』，讀『所鳩切』，陰平聲。『搜索』的『索』是假借字，本字是『索』，《說文》解作『入家挃也』，即是進入別人屋裏搜查求索。至於沒有『宀』（音『綿』）字頭的『索』，《說文》解作『艸，有莖葉，可作繩索』。『繩索』的『索』，《廣韻》讀『蘇各切』，粵讀是〔⁻sɔk〕；『搜索』的『索』，《廣韻》讀『山責切』，粵讀是〔⁻sak〕。

　　新聞報道員習慣了把『搜索』讀作『〔ˇsɐu⁻sak〕』或者『〔ˇsɐu⁻sɔk〕』，前者對了一半，後者全錯。『搜』字讀作『叟』是顛倒平仄，作為口語音大家都說慣和聽慣了，而且可以獨用，要改正實在不容易。但讀詩時遇到『搜』字便不能不維持它的平聲正讀了。以下是兩個例子。

唐朝李紳〈過吳門二十四韻〉五言排律第十三聯：『故館曾閒訪，遺基亦徧搜。』第二句的格律是『平平仄仄平』，第五字是韻腳，所以『搜』字不能讀作『叟』。南宋楊萬里〈中秋病中不飲二首〉七律其一尾聯：『自笑獨醒〔音『星』〕仍苦詠，枯腸雷轉不禁〔音『今』，口語音『衾』〕搜。』第二句的格律是『平平仄仄仄平平』，所以『搜』字絕對不能讀作『叟』。『禁』字讀陰平聲解作『抵受』。『不禁搜』句指枯腸空空如也，不能抵受搜刮。不說腦中沒靈感而說腸中沒靈感，證明古人也覺得腦子用久了肚子便會空。

例字	聲調	粵音同音字	詞語
搜	陰平	收	搜索 搜刮
索 （搜索）	中入	拺	勒索 索取

41. 渲染　粵讀：算染

『渲染』是現代的常用詞。『渲』字不見於《說文解字》，當是比較晚出。在《廣韻》，『渲』字讀『息絹切』，陰去聲，粵讀和『算』、『蒜』同音，解作『小水』。

『渲染』是國畫技法。擦畢水墨，淋以小量水，謂之『渲』。明清以還，用水墨或淡彩塗染畫面，以增強藝術效果，叫『渲染』。引而伸之，誇大形容，也叫『渲染』。

因為『渲染』的『渲』和『喧鬧』的『喧』形近，所以不少人把『渲染』讀作『喧染』，這當然是錯的。不過以『宣』作主諧字的字卻真是以讀〔'hyn〕為多，除了『喧』字，還有『寒暄』的『暄』。『暄』是『暖』的意思，『寒暄』作為動詞，是指講一些天氣冷暖的應酬話。『萱草』的『萱』也讀〔'hyn〕，吃了『萱草』令人昏然如醉，可以忘憂。《詩・衛風・伯兮》：『焉得諼草，言樹之背。』唐朝陸德明《經典釋文》：『諼，本又作「萱」。』背是北堂，祭祀時，主母居此。『萱堂』本來指主母居所，後來轉稱自己或他人的母親。有這麼多以『宣』為主諧字的字都讀

〔ˈhyn〕，難怪『渲』的讀音受到干擾。不過，只要多查字典便可以解決這些讀音問題了。

例字	聲調	粵音同音字	詞語
渲	陰去	算	渲染

42. 恬靜　粵讀：甜靜

『恬靜』的『恬』字讀陽平聲，粵讀和『甜』字同音。舊題楊雄（又作『揚雄』）《方言》卷十三：『恬，靜也。』不少人把『恬靜』讀作『簟靜』，即是把『恬』字誤讀陽上聲。這是錯的。

《說文解字》：『恬，安也。從心銛省聲。』即是說，『恬』字右偏旁的『舌』字是『甜』的省略字。清朝段玉裁《說文解字注》認為『恬』是『悟』的訛字，並把許慎的『從心銛省聲』改為『從心丙聲』（《說文》：『丙，舌皃。』《廣韻》：『他念切。』音〔￣tim〕）。段說姑且存而不論，否則便很容易離題了。不過有一點，縱使離題還是要一提的，就是『甜』的小篆是左『甘』右『舌』，隸變之後才寫成左『舌』右『甘』。

在《廣韻》中，『恬』讀『徒兼切』，和『甜』字同音，解作『靖也』。『靖』是『安靜』的意思。

秦朝有一位名將叫蒙恬。唐朝李嶠〈箏〉五律首聯：

『蒙恬芳軌設，游楚妙彈開。』第一句的格律是『平平平仄仄』，第二字一定要讀平聲，所以在那位置填上『恬』字是合乎格律的。李嶠〈和杜學士江南初霽羈懷〉五律第二聯：『霧卷晴山出，風恬晚浪收。』第二句的格律是『平平仄仄平』，第二字一定要讀平聲，所以用『恬』字是合乎格律的。如果把『恬』字讀陽上聲，上述兩首近體詩的格律便會遭受莫大的破壞了。

例字	聲調	粵音同音字	詞語
恬	陽平	甜	恬靜 風恬 蒙恬

43. 湍急　　粵讀：湍（『團』陰平聲）急

『湍』讀〔ᴵtyn〕，即『團』的陰平聲。《說文解字》：『湍，疾瀨也。』又：『瀨，水流沙上也。』『疾瀨』即『急流』。《廣韻》：『湍，急瀨也。』讀『他端切』，陰平聲。『湍』字在《廣韻》另有『職緣切』讀音，粵讀和『專一』的『專』同音，是河名。所以『湍』解作『急流』只有〔ᴵtyn〕一個讀音。

北魏酈道元《水經注·濟水》：『回流北岸，其勢鬱懑，濤怒湍急激疾。』現在，『湍急』已經成為新聞報道員用來形容急流的常用詞。因為『湍』字和『哮喘』的『喘』字形近，所以不少新聞報道員把『湍急』讀作『喘急』。這讀音顛倒平仄，是嚴重錯讀。

唐朝駱賓王〈早發諸暨〉五言排律第二聯：『薄煙橫絕巘，輕凍澀〔讀〔⁻sap〕〕回湍。』第二句的格律是『仄仄仄平平』，第五字用平聲押韻，『湍』字絕不可讀作『喘』。杜甫〈小寒食舟中作〉七律第三聯：『娟娟戲蝶過

〔讀〔¹gwɔ〕〕開幔，片片輕鷗下急湍。』第二句的格律是
『仄仄平平仄仄平』，『湍』是押韻字，絕不可讀仄聲。

例字	聲調	粵音同音字	詞語
湍	陰平	煓	湍急 急湍 回湍

44. 對峙　粵讀：對恃、對痔

『峙』讀作『有恃無恐』的『恃』，即『遲』的陽上聲。香港的新聞報道員常用『對峙』一詞，但有能力把『對峙』讀作『對恃』的卻很少。大部分報道員把『對峙』讀作『對侍』，這是錯的。小部分報道員把『對峙』讀作『對痔』，這卻是對的。讓我解釋一下。

《後漢書·河間孝王開列傳》：『開立四十二年薨，子惠王政嗣。政傲很，不奉法憲。順帝以侍御史吳郡沈景有彊能稱，故擢為河間相。景到國謁王，王不正服，箕踞殿上。侍郎贊拜，景峙不為禮。』唐朝李賢等人注云：『峙，立也。』『對峙』即『相對而立』，引伸為『相持不下』。《說文解字》無『峙』字而有『跱』字，云：『跱，踞也。』又云：『踞，跱踞，不前也。』『峙立』也有『不前』之義。『峙』，《廣韻》讀『直里切』，陽上聲，解作『具也』。通過全濁聲母字『陽上作去』的過程，『峙』也可以讀作『統治』的『治』，陽去聲，聲母則按例由送氣變成不送氣。近人黃錫凌的《粵音韻彙》誤把『峙』的讀音定為『服侍』的『侍』，誤導了不少不會查正宗字典的新聞報道

員。『峙』是『澄』聲母字。『澄』母的中古音是舌面塞音，並無摩擦音〔s-〕的成分，稍變後可以成為〔dz-〕或〔ts-〕聲母，但不可能成為〔s-〕聲母。至於『女士』的『士』，《廣韻》讀『鉏里切』；『事情』的『事』，《廣韻》讀『鉏吏切』。『鉏』是『牀』聲母字，『牀』母的中古音是塞擦音，有摩擦音〔s-〕成分，現在粵音『士』和『事』都用〔s-〕聲母，普通話則用〔sh-〕聲母，都可以理解。『對峙』的『峙』讀作『侍』就不可以理解。屬『直里切』的字，除了讀〔ˏtsi〕外，還可以讀〔˗dzi〕。『痔瘡』的『痔』和『對峙』的『峙』在《廣韻》同屬『直里切』，『痔』的粵讀〔˗dzi〕是『陽上作去』的讀音，我們並沒有把『痔瘡』讀作『侍瘡』。『對峙』，普通話讀〔duì zhì〕，『峙』也是用『陽上作去』的讀音。連普通話都沒有讀錯『峙』字，為甚麼我們偏要讀錯它這樣漠視傳統呢？

例字	聲調	粵音同音字	詞語
峙	陽上 陽去	恃、似 痔、治	對峙 峙立 聳峙

45. 緩慢　粵讀：換慢

　　廣播員從來不會讀錯『和緩東風』，但一般都讀錯『行車緩慢』——他們習慣把陽去聲的『緩』（〔˗wun〕）字讀作陽平聲的『援』（〔ˌwun〕）字。廣播員也習慣把『緩步跑』讀作『援步跑』，把『緩刑兩年』讀作『援刑兩年』。由於不求甚解，以至顛倒平仄，這是不負責任的行為。

　　『緩』字在《廣韻》屬『胡管切』，解作『舒也』。『胡管切』是陽上聲；通過全濁聲母字『陽上作去』的過程，現在讀陽去聲。粵音同音字有『換』、『玩』等。『緩』字沒有陽平聲讀法，除了『和緩』要讀作『和換』外，『緩和』要讀作『換和』，『舒緩』要讀作『舒換』，『緩慢』要讀作『換慢』，『緩急』要讀作『換急』，『遲緩』要讀作『遲換』，『緩衝』要讀作『換衝』，『緩刑』要讀作『換刑』，『緩步跑』要讀作『換步跑』，『緩兵之計』要讀作『換兵之計』。很多人把『緩兵之計』寫成『援兵之計』，正是由於他們讀『緩』作『援』。

　　唐朝王維〈從岐王過楊氏別業應教〉五律第二聯：

『興闌啼鳥緩，坐久落花多。』第一句的格律是『平平平仄仄』，第五字一定要讀仄聲；所以『緩』字絕不能讀平聲，否則近體詩格律便遭殃了。

例字	聲調	粵音同音字	詞語
緩	陽去	換、玩	緩慢 緩步跑 緩兵之計

第二章

粵讀行遠

1. 看

　　大家都知道古典詩歌是中國文學的一種重要體裁。不過大家又知不知道粵音是非常適合用來讀古典詩歌，而普通話音是絕對不適合的呢？普通話不適合讀古典詩歌是因為普通話的聲調與中古音的平仄不對應，而粵音的平仄就與中古音的平仄相對應。

　　《左傳・襄公二十五年》：『言之無文，行而不遠。』詩是有文之言，所以好詩能流傳久遠。詩句的文采不單存乎修辭用字，還存乎格律。粵讀正好保存和彰顯了古典詩歌的格律。

　　古典詩歌，尤其是近體詩，有嚴格的平仄規限。如果不懂分辨平仄，不懂詩格律，無論那首詩用字如何淺顯，也不容易讀得正確。舉一個例，『看』（《廣韻》：『苦旰切。』）是一個一般人都認識的陰去聲字，但『看』又可以讀作『刊』（《廣韻》：『苦寒切。』），陰平聲，我們讀近體詩的時候看到這個『看』字，如果不懂格律，又怎會知道要讀作『漢』（去聲）還是『刊』（平聲）呢？

例如王維〈終南山〉五言律詩第二聯：『白雲迴望合，青靄入看無。』這個『看』字要讀作『刊』，因為下聯的格律是『仄仄仄平平』，第四字一定要用平聲，如果讀作『漢』便破壞了詩格律。

又如杜甫〈月夜〉五言律詩第二聯：『今夜鄜州月，閨中只獨看。』第二句的格律是『平平仄仄平』，『看』字要讀作『刊』，如果讀作『漢』便錯了。

另一個例子是杜牧〈秋夕〉七絕第二聯：『天階夜色涼如水，臥看牽牛織女星。』第二句的『看』字便不能讀作『刊』，因為這句詩的格律是『仄仄平平仄仄平』，第二個字一定要讀作『漢』。

又張籍〈喜王起侍郎放牒〉七律第三聯：『誰家不借花園看，在處多將酒器行。』第一句的格律是『平平仄仄平平仄』，所以這句的『看』字不讀作『刊』而讀作『漢』。

分辨平仄只須十多二十分鐘便學懂。對熟悉平仄的人來說，古典詩歌的格律很易記。如果想學古典詩歌的格律，可以到書局購買有關的書本參考，或者向老師請教。

2. 聽

上一講說到如果不懂詩格律，不論詩中的用字如何淺顯，也會讀錯字音。原因是有些字的讀音可平可仄，讀平聲或仄聲要視乎那個字在句中的位置。

我又示範了『看』字何時讀作『漢』，何時讀作『刊』。這一章我談一下『動聽』的『聽』字。『聽』可以讀仄聲中的陰去聲（《廣韻》：『他定切。』），又可以讀作『汀』（《廣韻》：『他丁切。』），陰平聲。

唐朝陳子昂〈宿襄河驛浦〉五言排律第三聯：『臥聞塞鴻斷，坐聽峽猿愁。』第二句的格律是『仄仄仄平平』，第二字一定要用仄聲，因此『聽』字一定要讀陰去聲。

唐朝李頎〈送魏萬之京〉七律第二聯：『鴻雁不堪愁裏聽，雲山況是客中過。』第一句的格律是『仄仄平平平仄仄』，第七字一定要用仄聲，所以『聽』字讀陰去聲。

至於『聽』字讀陰平聲可見於以下兩個例子：

唐朝劉長卿〈過裴舍人故居〉七律第三聯：『籬花猶及重陽發，鄰笛那堪落日聽。』第二句的格律是『仄仄平平仄仄平』，第七字一定要讀平聲，所以『聽』讀作『汀』。還有，『那』字要讀作『挪』，陽平聲，否則這一句便犯孤平。

唐朝錢起〈湘靈鼓瑟〉五言排律第二聯：『馮夷空自舞，楚客不堪聽。』第二句的格律是『仄仄仄平平』，第五字一定要讀平聲，所以『聽』讀作『汀』。

如果不懂近體詩格律，便不知道『聽』字何時讀平聲，何時讀仄聲。想對平仄有進一步認識，便要多向老師學習了。

3. 思

這次，我選講『思考』的『思』字。『思』字作為名詞，應讀陰去聲（《廣韻》：『息吏切。』），和『肆』字同音。李白有古體詩〈靜夜思〉，『思』字作名詞用，要讀去聲。作為動詞，『思』一般都讀陰平聲（《廣韻》：『息茲切。』），例如『思想』、『思考』、『思念』等。但在近體詩裏，『思』字作為動詞就可平可仄，全視乎『思』字所在的位置應該是平聲還是仄聲。以下有幾個例子：

張九齡〈望月懷遠〉五律第二聯：『情人怨遙夜，竟夕起相思。』第二句的格律是『仄仄仄平平』，『思』字在這裏是動詞，所以讀平聲。

杜審言〈和晉陵陸丞早春遊望〉五律尾聯：『忽聞歌古調，歸思欲霑巾。』第二句的格律是『仄仄仄平平』，第二字讀仄聲，而『歸思』的『思』字是名詞，所以讀去聲。

駱賓王〈在獄詠蟬〉五律首聯：『西陸蟬聲唱，南冠

客思侵。』第二句的格律是『平平仄仄平』，第四字是仄聲，而『客思』的『思』字是名詞，所以讀去聲。

柳宗元〈登柳州城樓寄漳汀封連四州〉七律首聯：『城上高樓接大荒，海天愁思正茫茫。』第二句的格律是『平平仄仄仄平平』，第四字是仄聲，『愁思』的『思』字是名詞，所以讀去聲。

李商隱〈錦瑟〉七律首聯：『錦瑟無端五十弦，一弦一柱思華年。』『思華年』的『思』字是動詞，可平可仄。不過聯中第二句的格律是『平平仄仄仄平平』，第五字應讀仄聲，如果『思』字讀平聲，『思華年』便會成為三平句，整句便用了『三平式』。雖然在初、盛唐時期的近體詩中有不少三平句，但是當三平句成為古體詩的特色之後，近體詩便極少採用。加上〈錦瑟〉是一首非常婉約的詩，又怎會用三平句呢？

『思』字作名詞用而讀平聲在近體詩中極少見。唐朝皮日休〈和陸魯望風人詩〉三首五絕其一：『刻石書離恨，因成別後悲〔諧『碑』〕。莫言春繭薄，猶有萬重思〔諧『絲』〕。』風人體以諧音為主。這裏以『思』諧『絲』而讀平聲，看來真有點迫不得已。

4. 望

　　『望』字一般都讀陽去聲（《廣韻》：『巫放切。』），這是十分正確的。但是『望』又可以讀作『亡』（《廣韻》：『武方切。』），陽平聲。如果我們讀近體詩甚或讀韻文時遇到『望』字，便要小心分辨要不要讀平聲了。

　　我先舉兩個『望』字讀去聲的例子：

　　唐朝王維〈終南山〉五律第二聯：『白雲迴望合，青靄入看無。』第一句的格律是『平平平仄仄』，第四字是仄聲，所以『望』字讀去聲。

　　唐朝薛逢〈宮詞〉七律首聯：『十二樓中盡曉妝，望仙樓上望君王。』第二句的格律是『平平仄仄仄平平』，第五字讀仄聲，所以『望』字讀去聲。

　　接着我舉幾個『望』字讀平聲的例子：

　　魏文帝曹丕〈燕歌行〉柏梁體其中一句：『牽牛織女

遙相望。』『望』字便要讀平聲。柏梁體句句用韻，這首詩前一句是『星漢西流夜未央』，後一句是『爾獨何辜限河梁』，都用平聲押韻，『遙相望』的『望』字當然不可讀去聲了。

唐朝張籍〈祭退之〉五古第五十一至五十四句：『搜窮古今書，事事相酌量。有花必同賞，有月必同望。』這首古體詩用平聲押韻，因此『望』字一定要讀作『亡』。

唐朝李商隱〈春雨〉七律第二聯：『紅樓隔雨相望冷，珠箔飄燈獨自歸。』第二句的格律是『平平仄仄平平仄』，第六字是平聲，所以『望』便要讀作『亡』。

大家試想想，遇上一些可平可仄的字，如果不懂詩格律，你說怎麼辦？

5. 漫漫

當你一夜無眠，苦苦等待仍未看到曙光，便會用『漫漫長夜』來形容。『漫長』也是一個常用的形容詞。通常『漫』字都讀陽去聲（《廣韻》：『莫半切。』），不過『漫』字也有陽平聲讀法（《廣韻》：『謨官切。』），粵讀與『蠻』字同音。

《楚辭 ‧ 橘頌》：『終長夜之漫漫兮。』以及相傳為春秋甯戚所作的〈飯〔讀『煩』的陽上聲〕牛歌〉：『從昏飯牛薄夜半，長夜漫漫何時旦。』都因為『漫漫』這組『重言』或者『疊字』不是放在句末，而賦體及古詩句式中也沒有特別的格律，所以我們無法推斷『漫』字要讀平聲還是仄聲。

漢朝楊雄（或作『揚雄』）〈甘泉賦〉：『正瀏濫以弘惝〔敞〕兮，指東西之漫漫。徒徊徊以惶惶兮，魂魄眇眇而昏亂。』因為『漫』、『亂』是仄聲押韻，所以『漫漫』便要讀去聲，解作『無邊無際』。

至於孟浩然〈早寒江上有懷〉五律尾聯：『迷津欲有問，平海夕漫漫。』第二句的格律是『仄仄仄平平』，『漫漫』便絕不能讀去聲了。

　　賈至〈送李侍郎赴常州〉七絕第二聯：『今日送君須盡醉，明朝相憶路漫漫。』第二句的格律是『平平仄仄仄平平』，所以『漫漫』便要讀作『蠻蠻』。

　　現在，大家一定同意，懂得分辨平仄，熟悉近體詩格律，讀古人的詩便不會顛倒平仄。

6. 冥冥

粵口語中有一句話：『冥冥中自有定數。』『冥冥中』是『暗中』的意思。因為天也好，命運也好，都是十分神秘的。粵口語『冥冥中』的『冥』一般都讀作『茗』（《集韻》：『母迥切。』《廣韻》不收此讀），陽上聲；但有時候『冥冥』在詩中卻要讀陽平聲，主要視乎這組疊字在詩中的位置。

《詩・小雅・無將〔粵讀同『漿』〕大車》：『無將大車，維塵冥冥。無思百憂，不出于潁〔讀『局』的陰上聲〕。』『冥』和『潁』協韻，所以『冥』字讀上聲。

在後世的詩作中，『冥冥』便多數讀平聲。例如：

江淹〈雜體詩三十首〉之〈潘黃門述哀〉：『夢寐復冥冥，何由覿爾形。』這裏『冥冥』一定要讀作『名名』叶韻。

唐朝韋應物〈賦得暮雨送李冑〉五律第二聯：『漠

漠帆來重，冥冥鳥去遲。』第二句的格律是『平平仄仄平』，『冥冥』一定要讀平聲。

權德輿〈送張詹事致政歸嵩山舊隱〉五言排律第五聯：『羣公來藹藹，獨鶴去冥冥。』第二句的格律是『仄仄仄平平』，所以『冥冥』要讀平聲。

許渾〈朗上人院晨坐〉五律第三聯：『疏藤風嫋嫋，圓桂露冥冥。』第二句的格律是『仄仄仄平平』，所以『冥冥』要讀平聲。

古人作詩要合乎詩格律。我們讀詩也要合乎詩格律，才不會錯讀古人的詩。不僅如此，如果我們懂得詩格律，更可以閒來作詩自娛，增添生活情趣。

7. 論

『論』字和前幾篇選講的字一樣淺顯，但是『論』字有陽平聲（《廣韻》：『力迍切。』）和陽去聲（《廣韻》：『盧困切。』）兩種讀法。『論』字讀陽平聲和『倫』字同音。如果不懂詩格律便不知道『論』字何時讀平聲，何時讀去聲了。本來『論』字作為名詞應讀陽去聲，作為動詞應讀陽平聲，但在古典詩歌裏總有例外，主要是由詩格律來決定應讀的聲調。以下舉幾個例子：

孟浩然〈宴張別駕新齋〉五律第三聯：『講論陪諸子，文章得舊朋。』第一句的格律是『仄仄平平仄』，第二字落在仄聲位置，所以讀去聲。『講論』對『文章』，因此『論』是名詞。

杜甫〈奉送王信州崟〔粵讀同『壬』，陽平聲〕北歸〉五言排律第十七聯：『故人持雅論，絕塞豁窮愁。』第一句的格律是『平平平仄仄』，第五字是仄聲，所以『論』字讀去聲。『雅論』的『論』是名詞。

裴說〈題岳州僧舍〉五律尾聯:『與師吟論處，秋水浸遙天。』第一句的格律是『平平平仄仄』，第四字是仄聲，所以『論』字讀去聲。但是『吟論』的『論』是動詞，在這裏卻要讀去聲，可見字的讀音是平聲還是仄聲，最終還是取決於詩格律。

　　以下是『論』字作為動詞而讀平聲的例子:

　　陳子昂〈感遇〉三十八首古體詩第三十首第七、八句:『雲淵既已失，羅網與誰論。』這首古體詩押平聲韻，所以『論』字讀作『倫』。

　　杜甫〈春日憶李白〉五律尾聯:『何時一樽酒，重與細論文。』第二句的格律是『仄仄仄平平』，所以『細論文』讀作『細倫文』。

　　杜甫〈詠懷古跡五首〉五律尾聯:『千載琵琶作胡語，分明怨恨曲中論。』第二句的格律是『平平仄仄仄平平』，所以『論』字讀作『倫』。

　　韓愈〈過始興江口感懷〉七絕第二聯:『目前百口還相逐，舊事無人可共論。』第二句的格律是『仄仄平平仄仄平』，所以『論』字讀作『倫』。

在唐宋詩中，『討論』的『論』大都讀平聲，看看以下的例子：

唐朝高適〈贈杜二拾遺〉五律首聯：『傳道招提客，詩書自討論。』第二句的格律是『平平仄仄平』，所以最後兩字讀作『討倫』。

宋朝蘇轍〈次韻子瞻廣陵會三同舍各以其字為韻〉三首古體詩第二首〈孫巨源〉首四句：『巨源學縱橫，世事夙討論。著書十萬字，辯如白波翻。』整首詩平聲押韻，所以『討論』便要讀作『討倫』了。

我們日常講話當然不須把『討論』讀作『討倫』，但是讀古典詩詞的時候便不能不執着一些了。

8. 過

在日常口語中，『經過』的『過』字讀陰去聲。但是古時『經過』的『過』字是讀平聲的，粵讀和『干戈』的『戈』同音。《廣韻》的『古禾切』小韻有『過』字，解作『經也，過〔音『戈』〕所也』。古時出入關叫『過所』，過關所用的文書亦叫『過所』。至於『經』就是『經過』。『過』有時候也解作『探望』。例如孟浩然的〈過故人莊〉五律，『過』就解作『探望』；而劉長卿的〈長沙過賈誼宅〉五律的『過』就解作『經過』。

『過』字固然有去聲讀法，《廣韻》：『古臥切。』解作『誤也、越也、責也、度也』。因此，『過失』、『過猶不及』、『過年』的『過』字都讀去聲。西漢賈誼著〈過秦論〉，論秦朝的過失，『過』和《廣韻》解作『責也』的意思相近，『責』即『責備』。

《史記‧外戚世家》：『栗姬妒，而景帝諸美人皆因長公主見景帝，得貴幸，皆過栗姬。』唐朝司馬貞《史記索隱》：『過音戈，謂踰之。』『踰』解作超越，『過』在

《廣韻》解作超越時讀去聲，但在《史記索隱》中則讀平聲。可見『過』字讀平聲或讀去聲的區別已經模糊了。在唐詩中，『過失』的『過』當然不會讀平聲，而『經』、『過』同用時，『過』大抵不會讀去聲。除此之外，『過』字讀平聲還是去聲便要取決於詩格律了。

看看以下的幾個例子：

張籍〈招周居士〉七絕：『閉門秋雨濕墙莎，俗客來稀野思多。已掃書齋安藥竈，山人作意早經過。』劉禹錫〈踏歌詞〉四首七絕第二首：『桃蹊柳陌好經過，燈下裝成月下歌。為是襄王故宮地，至今猶自細腰多。』以上二例皆用『經過』一詞，『過』字在詩中要讀平聲叶韻。

高適〈贈杜二拾遺〉五律第二聯：『佛香時入院，僧飯屢過門。』杜甫〈天末懷李白〉五律第三聯：『文章憎命達，魑魅喜人過。』李頎〈送魏萬之京〉七律第二聯：『鴻雁不堪愁裏聽，雲山況是客中過。』以上三例的『過』都解作『經過』，按詩格律亦須讀平聲。

許渾〈秋日赴闕題潼關驛樓〉五律第二聯：『殘雲歸太華，疏雨過中條。』第二句的格律是『仄仄仄平平』，雖然句中的『過』字也有『經過』的意思，但不可以讀平聲，否則便成三平句。清朝李汝襄《廣聲調譜》舉杜甫

〈秦州雜詩〉的『漠漠秋雲底』為近體『三平式』之例，並且說：『三平句則近於古矣。』又說：『若一句單用三平，餘七句皆用正式，則不成體矣。』

劉長卿〈江州重別薛六柳八二員外〉七律第二聯：『江上月明胡雁過，淮南木落楚山多。』第一句的格律是『仄仄平平平仄仄』，『過』字不能讀平聲。

張說〈荊州亭入朝〉五律第二聯：『九辨人猶擯，三秋雁始過。』羅鄴〈秋夕寄友人〉七律首聯：『秋夕蒼茫一雁過，西風白露滿宮莎。』兩例的『過』字都是韻腳，不能不讀平聲。

『胡雁過』和『一雁過』同是雁過，但『胡雁過』的『過』字讀去聲，『一雁過』的『過』字讀平聲。可見『過』字在詩中應讀平聲還是去聲，必須取決於詩格律。

清晨入古寺初日照高林曲徑通幽處禪房花木深山

光悅鳥性潭影空人心萬籟此俱寂惟聞鐘磬音

三平句則近於古矣三仄句可以單用若三平

體以配其氣如正式之外各種拗體是也若一

則多與三仄並用而且遍體中必有一二處拗

句单用三平餘七句皆用正式則不成體矣

用互換法式　韋承慶凌朝　浮江旅思詩

天晴上初日春水送孤舟山遠疑無樹潮平似不流岵

花開且落江鳥沒還浮羈望傷千里長歌遣四愁。

清刊本李汝襄《廣聲調譜》（《清詩話仿佚初編》）論三平句（臺灣新文豐出版公司影印）

9. 令

大家都知道『命令』、『法令』、『號令』的『令』字讀陽去聲，粵讀和『另』字同音。官署之長叫『令』，如中書令、縣令。『令』又可解作『善』，《南史・任昉傳》：『聞君有令子。』《北史・高琳傳》：『必生令子。』《舊唐書・鄭餘慶傳》：『卿之令子，朕之直臣。』『令子』即『善良有賢德的兒子』，因此後來尊稱他人的親屬均以『令』作為敬詞，例如面稱人父叫『令尊』，面稱人母叫『令堂』，面稱人兄叫『令兄』，面稱人子叫『令郎』、『令公子』等。在這些情況下，『令』都讀陽去聲。《廣韻》的『力政切』小韻有『令』字，解作『善也、命也、律也、法也』。

『令』也有『使』的意思。古時候，『令』如果解作『使』就一定要讀平聲。《廣韻》的『呂貞切』小韻有『令』字，解作『使也』，粵讀和『玲』字同音，陽平聲。讀古文或古體詩的時候，遇到『令』字作動詞用，解作『使』，一般來說讀平聲或去聲都分別不大；但讀近體詩時遇到『令』字作動詞用，就不能不讀平聲，否則很容易犯格律上的錯誤。看看以下幾個例子：

李頎〈送魏萬之京〉七律尾聯：『莫是長安行樂處，空令歲月易蹉跎。』第二句的格律是『平平仄仄仄平平』，第二字一定要讀平聲。

劉禹錫〈河南白尹有《喜崔賓客歸洛兼見懷》長句因而繼和〉（內加書名號以便理解）七律尾聯：『遙羨光陰不虛擲，肯令絲竹暫生塵。』第二句的格律是『平平仄仄仄平平』，第二字一定要讀平聲。

李商隱〈籌筆驛〉七律第二聯：『徒令上將揮神筆，終見降王走傳車。』第一句的格律是『平平仄仄平平仄』，第二字一定要讀平聲。

以上所舉的三個例子：『空令』、『徒令』、『肯令』，當中的『令』字都解作『使』，所以讀平聲。其實，只要熟悉近體詩格律，自然不會把『空令』、『徒令』、『肯令』的『令』字誤讀去聲了。

10. 吹

『吹』字在《廣韻》中有兩個讀音。一個是一般作動詞用的『昌垂切』，陰平聲，解作『吹噓』。另一個讀音是作名詞用的『尺偽切』，陰去聲，解作『鼓吹也。〈月令〉曰：「命樂正習吹。」』『吹』作為名詞的讀法主要解作吹奏的動作或吹奏的樂器，如簫管，粵讀和『翠』同音。『鼓吹革命』的『吹』字應讀平聲，因為『吹』字在這裏作動詞用。但『鼓吹曲』的『吹』字便不能讀平聲，因為『吹』字在這裏指『吹奏的樂器』，作名詞用，要讀去聲。另一個例子是『歌吹』，即指歌唱吹奏的動作或聲音，泛指歌樂，作名詞用，所以只能讀去聲，不能讀平聲。

我們看看古人的近體詩便會更加明白：

杜甫〈滕王亭子〉五律尾聯：『尚思歌吹入，千騎〔讀去聲〕把霓旌。』第一句的格律是『平平平仄仄』，第四字應讀仄聲，所以『吹』字不能讀平聲。

杜牧〈題揚州禪智寺〉五律尾聯：『遙知竹西處，歌

吹是揚州。』第二句的格律是『仄仄仄平平』，所以『吹』字讀去聲。

在古文中，『吹』亦解作『風』。我再舉唐詩為例：

李嶠〈和杜學士旅次淮口阻風〉五言排律首聯：『夕吹生寒浦，清淮上〔讀上聲〕暝〔讀去聲〕潮。』第一句的格律是『仄仄平平仄』，所以『吹』字絕不能讀平聲。『夕吹』即『晚風』。

溫庭筠〈原隰荑綠柳〉五言排律第四聯：『腰肢弄寒吹，眉意入春閨。』第一句是『平平仄平仄』拗句，第五字應讀仄聲。『寒吹』即『寒風』。

羅隱〈省試秋風生桂枝〉五言排律首聯：『涼吹從何起，中宵景象清。』第一句的格律是『仄仄平平仄』，第二字是仄聲。『涼吹』即『涼風』，《禮記·月令》：『孟秋之月，涼風至。』『涼風』即『秋風』。

由此可見，多讀近體詩自然會減少錯讀字音的尷尬情況了。

11. 搜

『搜』，粵讀和『收』同音，陰平聲，在《廣韻》屬『所鳩切』。『搜』解作『尋求』、『聚集』。由於『搜』的主諧字是『叟』，因此很多香港人把『搜』錯讀作『叟』，陰上聲。常聽到的錯讀詞有『搜身』、『搜查』、『搜捕』、『搜集』。因為『叟』已經成為『搜』的習用語音，而且可以獨用，所以如果突然改正，反會引起溝通的問題。

但是，並非全中國都讀錯『搜』字的聲調，『搜』字在普通話中仍然保存陰平聲。中古時，『搜』字沒有上聲的讀法，所以當我們讀古籍遇到『搜』字的時候，便一定要讀陰平聲；尤其是讀近體詩的時候，絕不能把『搜』字讀陰上聲。看看以下幾個例子：

唐朝李紳〈過吳門二十四韻〉五言排律第十三聯：『故館曾閒訪，遺基亦徧搜。』第二句的格律是『平平仄仄平』，第五字是韻腳，『搜』字一定要讀平聲。

唐朝李商隱〈寓興〉五律第二聯：『諧諧叨客禮，

休澣接冥〔讀陽平聲〕搜。」第二句的格律是『仄仄仄平平』，第五字是韻腳，一定要讀平聲，因此『搜』字絕對不能讀作『叟』。

北宋王安石〈留題微之廨〔音『介』〕中清輝閣〉七律第二聯：『鷗鳥一雙隨坐笑，荷花十丈對冥搜。』第二句的格律是『平平仄仄仄平平』，第七字是韻腳，一定要讀平聲，絕對不能讀仄聲。

南宋楊萬里〈中秋病中不飲二首〉七律其一尾聯：『自笑獨醒〔讀陰平聲〕仍苦詠，枯腸雷轉不禁〔讀陰平聲〕搜。』第二句的格律是『平平仄仄仄平平』，所以『搜』字絕對不能讀作『叟』。大家都知道，律詩是平聲押韻的。『搜』字既然是韻腳，自然絕對不能讀仄聲。不過，無論如何，『搜』字根本沒有仄聲讀法。

總之，縱使我們口語不會讀『搜身』為『收身』、讀『搜查』為『收查』、讀『搜捕』為『收捕』，但是，當我們讀詩的時候，就不能堅持把『搜』字錯讀為『叟』了。

12. 橙

在香港，『梨』和『橙』都是常見的水果，口語一般讀陰上聲；但這是口語變調造成的讀音。這兩個字的讀書音是陽平聲。在誦讀的時候，我們都會把『梨』字還原為讀書音，原因是『梨』字有幾個常用詞語作為指引，像『雪梨』、『孔融讓梨』、『梨園弟子』、『梨花一枝春帶雨』。『橙』字並沒有常用詞語作為指引，因此不是很多人知道『橙』字的讀書音。不過，常讀古典詩詞的朋友一定知道『橙』字的讀書音，因為『橙』字在古典詩詞中總是出現在平聲的位置。例如：

杜甫〈遣意二首〉五律其一第三聯：『衰年催釀黍，細雨更移橙。』第二句的格律是『仄仄仄平平』。第五字是平聲韻腳，『橙』字絕不能讀上聲。

蘇軾〈贈劉景文〉七絕第二聯：『一年好景君須記，最是橙黃橘綠時。』『好景』一作『好處』。第二句的格律是『仄仄平平仄仄平』，如果把『橙』讀陰上聲，整句便變成『仄仄仄平仄仄平』，成為清朝詩格所謂的『孤平式』。

『孤平』是近體詩大忌，蘇東坡大抵沒有必要去犯。所以讀者們請注意，蘇軾『最是橙黃橘綠時』這名句中的『橙』字要讀陽平聲。

蘇軾在詩作中也頗愛用『橙』字，再看看以下的例子：

〈金橙徑〉七絕首聯：『金橙縱復里人知，不見鱸魚價自低。』第一句的格律是『平平仄仄仄平平』。

〈初自逕山歸述古招飲介亭以病先起〉七律首聯：『西風初作十分涼，喜見新橙透甲香。』第二句的格律是『仄仄平平仄仄平』。

〈次韻蘇伯固主簿重九〉七律第二聯：『鬢重不嫌黃菊滿，手香新喜綠橙搓。』第二句的格律是『平平仄仄仄平平』。

另外，周邦彥的一首著名詞作〈少年遊〉也是用『橙』字押平聲韻的，上片是：『并〔音『兵』〕刀如水，吳鹽勝雪，纖手破新橙。錦幄初溫，獸煙不斷，相對坐調笙。』如果把『纖手破新橙』的『橙』字讀作上聲，便會把這首詞的格律破壞無遺了。

13. 誼

『友誼』這個詞語現今不是太多人會讀,一般人會把它讀作『友宜』,即把陽去聲的『誼』讀成陽平聲的『宜』。這是名副其實的『有邊讀邊』。其實『誼』和『義』是同音義字,並沒有平聲讀法,只有去聲讀法。在《廣韻》,『誼』和『義』都讀『宜寄切』。我們讀唐詩便會見到『誼』字只放在仄聲位置,不會放在平聲位置。例如劉長卿〈題冤句〔音『瞿』〕宋少府廳留別〉五言古詩第七、八、九、十句:『洞澈萬頃陂〔音『卑』〕,昂藏千里驥。從宦聞苦節,應物推高誼。』這首古體詩用去聲押韻,因此第十句的『誼』字不能讀陽平聲。

漢文帝時有一位名叫賈誼的才子,可千萬不要把他的名字錯讀為『宜』了。李商隱有一首題為〈賈生〉的七絕:『宣室求賢訪逐臣,賈生才調更無倫。可憐夜半虛前席,不問蒼生問鬼神。』這首詩便是詠漢文帝和賈誼的事。賈誼的名字也常常入詩,以下舉三個例子:

唐朝韋嗣立〈酬崔光祿冬日述懷贈答〉五言排律第四

聯：『洛陽推賈誼，江夏貴黃瓊。』第一句的格律是『平平平仄仄』，因為第五字要用仄聲，才可以放『誼』字。

劉長卿〈自夏口至鸚鵡洲夕望岳陽寄源中丞〉七律尾聯：『賈誼上書憂漢室，長沙謫去古今憐。』第一句的格律是『仄仄平平平仄仄』，第二字一定要讀仄聲。

李商隱〈哭劉司户蕡〉五律第二聯：『空聞遷賈誼，不待相孫弘。』第一句的格律是『平平平仄仄』，第五字一定要讀仄聲，所以賈誼的『誼』字絕對不能讀作『適宜』的『宜』。

相信大家都會同意，熟悉詩格律，多讀近體詩，對糾正關乎聲調的錯讀是非常有幫助的。

14. 浦

　　上海有『浦西』、『浦東』，但是很多人把這兩個詞語讀作『蒲西』、『蒲東』，等於把『浦』字加上『艸』字頭來讀。我記得以前有一批負責娛樂新聞的記者和唱片騎師把日本歌星『三浦友和』讀作『三蒲友和』。影響所及，大家都一窩蜂地把『浦』讀作『蒲』，甚至有些姓『浦』的都要把自己的姓氏讀作『蒲』，於是『浦東』便自然錯讀為『蒲東』了。在上海，『浦東』是黃浦江東岸的專有地名。『浦』解作水邊或者河流入海的地方。『浦』在《廣韻》屬『滂古切』，讀陰上聲（『滂』是陰平聲字，《廣韻》：『普郎切。』），並沒有陽平聲的讀法。我們讀古典詩詞的時候更不要讀錯『浦』字，否則便會破壞詩詞的格律。

　　以下舉幾個例子：

　　王維〈酬張少府〉五律尾聯：『君問窮通理，漁歌入浦深。』第二句的格律是『平平仄仄平』，第四字用仄聲。

　　杜甫〈奉送卿二翁統節度鎮軍還江陵〉五律第二聯：

『嘹唳鳴笳發，蕭條別浦清。』第二句的格律是『平平仄仄平』，第四字用仄聲。

賈至〈岳陽樓宴王員外貶長沙〉五律首聯：『極浦三春草，高樓萬里心。』第一句的格律是『仄仄平平仄』，第二字用仄聲。

李紳〈過吳門二十四韻〉五言排律第四聯：『水光搖極浦，草色辨長洲。』第一句的格律是『平平平仄仄』，第五字用仄聲。

許渾〈乘月棹舟送大曆寺靈聰上人不及〉七律第二聯：『楓浦客來煙未散，竹窗僧去月猶明。』第一句的格律是『仄仄平平平仄仄』，第二字用仄聲。

另外，大家可能讀過周邦彥的〈蘇幕遮〉。這首詞押仄韻，下片是：『故鄉遙，何日去。家住吳門，久作長安旅。五月漁郎相憶否〔粵音『斧』〕。小楫輕舟，夢入芙蓉浦。』如果我們把『芙蓉浦』讀作『芙蓉蒲』，從而破壞格律，那就真是厚誣古人了。

15. 銘

『座右銘』、『墓誌銘』、『銘感』、『銘記』，這些都是常見的詞語。其中『銘』字絕對不能讀陽上聲，變成與『品茗』的『茗』字同音。『銘』字在《廣韻》屬『莫經切』，陽平聲。『茗』字屬『莫迥切』，陽上聲，與『酩酊大醉』的『酩』字同音。讀古典詩歌的時候，更不要把『銘』字讀陽上聲，否則便會破壞詩歌的格律。以下舉幾首唐詩為例：

李嶠〈武三思挽歌〉五律首聯：『玉匣金為鏤〔音『漏』〕，銀鉤石作銘。』第二句的格律是『平平仄仄平』，第五字用平聲押韻。

杜甫〈故武衛將軍輓歌三首〉五律其一第三聯：『王者今無戰，書生已勒銘。』第二句的格律是『平平仄仄平』，第五字用平聲押韻。

許渾〈題義女亭〉七律尾聯：『至今鄉里風猶在，借問誰傳義女銘。』第二句的格律是『仄仄平平仄仄平』，第七字用平聲押韻。

皮日休〈庚寅歲十一月新羅弘惠上人與本國同書請日休為靈鷲山周禪師碑將還以詩送之〉七律第二聯：『勒銘雖即多遺草，越海還能抵萬金。』第一句的格律是『平平仄仄平平仄』，第二字一定要讀平聲。

　　羅隱〈寄酬鄴王羅令公五首〉七律其四第三聯：『早緣入夢金方礪，晚為傳家鼎始銘。』第二句的格律是『仄仄平平仄仄平』，第七字用平聲押韻。

　　懂得詩格律而又多讀近體詩，可以糾正關乎平仄的錯讀。不過，有些錯讀關乎整個讀音，而不只關乎平仄。要全盤糾正和避免錯讀，便要多查字典。大家會不會考慮以『多查字典』為『座右銘』呢？

第三章

粵讀懷古

1. 睇

　　大家可能知道，粵方言中有一些很通俗的字詞其實是古雅的漢語。舉例說，我們一些日常的動作，像『睇』和『瞧』，現在都是粵口語的用字，但以前卻是古代漢語的用字。

　　先談談『睇』字。『睇』字的《廣韻》切語是『特計切』，讀作『弟』（〔ˏdɐi〕），口語變調讀陰上聲，再把聲母變成送氣，讀作『體』（〔˅tɐi〕）。這情況與『馬褂』的『褂』字口語變調讀陰上聲，再把聲母變成送氣，讀作『馬〔˅kwa〕』的變調模式相同。我們口語用的是『睇』的變調，不是它的讀書音。

　　東漢許慎《說文解字》說：『睇，目小視也。』又說：『南楚謂眄曰睇。』『睇』即稍望一下。唐朝孔穎達的《毛詩正義》說：『《說文》云：「睇，小邪視也。」』即眼稍向側望。『眄』即斜視，因此『睇』亦有『斜視』的意思。

　　《楚辭・九歌・山鬼》：『既含睇兮又宜笑，子慕予兮

善窈窕。』『含睇』即微微斜視。《禮記‧內則》說婦人在父母舅姑前有很多行為不能做，其中一樣就是『睇視』，即婦人在父母舅姑前不敢斜視。

到後來，『睇』就不一定解作斜視了，亦可解作『望』。魏國張揖的《廣雅》說：『睇，視也。』劉宋范曄〈樂遊應詔〉詩：『睇目有極覽，游情無近尋。』『睇目』解作『向前看』，向前看只可以『直視』。所以當電視廣播員說『多謝各位收睇』的時候，並不一定指你正在斜視熒光幕。換句話說，『睇』即是『看』。

2. 噍

　　這一講討論的是『噍』字。『噍』字的《廣韻》切語是
『才笑切』，粵音讀作『趙』（〔_dziu〕）。『噍』和上一講討
論的『睇』字都是相當古舊的字，而今天兩個字都成為口
語用字。

　　東漢許慎《說文解字》說：『噍，齧也。』『齧』解作
『食』。東漢王充《論衡・道虛篇》：『口齒以噍食，孔竅
以注瀉。』『噍』即『食』。『噍』在《說文》有一個或體字
『嚼』，既讀作『趙』，又讀作『着落』的『着』（《廣韻》：
『在爵切。』），現在『有邊讀邊』，都讀為『爵』。『咬文嚼
字』又可以讀作『咬文趙字』。

　　西漢司馬遷《史記・高祖本紀》記載楚地的一羣老將
說：『項羽為人僄〔音『票』〕悍〔音『汗』〕猾賊。項羽嘗
攻襄城，襄城無噍類，皆阬之，諸所過無不殘滅。』這句
話是說項羽為人十分善戰、兇悍、狡猾、殘暴，曾經攻
陷襄城，更把城內的人全部活埋。所謂『噍類』即生存而

噍食者，尤其指活人。由此可見『噍』字真是一個十分古舊的字。

今天，因為會寫『噍』字的人極少，所以一般人只把『噍』音當作有其聲無其字的口語『話音』。終於有人為這話音造了一個『嘲』字。這個新造的形聲字反映了我們對傳統文化的膚淺認識。

3. 嘬

上一講談過『噍』字，『噍』即是『食』。談到食，我又想起另一個與食有關的字，這就是『嘬』字。『嘬』和『刷』（〔˜tsat〕）字同音，都在《廣韻》的『所劣切』小韻中。粵語叫食做『刷』，聽起來有點兒粗鄙；而會寫『嘬』字的人更是少之又少。

『嘬』是一個古舊的字，東漢許慎《說文解字》說：『嘬，小飲也，从口率聲，讀若刷。』《說文解字》解『嘬』為『小飲』，與噍食沒有直接關係。其後，魏國張揖的《廣雅‧釋詁》解『嘬』為『嘗』，這便與食拉上關係了。總而言之，『嘬』與飲食有關，在當時的用法是十分文雅的。不過，到了今天，『嘬』字竟引起『狂食』的聯想，所謂『大嘬一餐』是也。

還有一點要提醒大家，千萬不要把『涮』字作為『嘬』的代替字。『涮』讀作『算』，並不讀作『刷』。我們可以『大嘬一餐涮羊肉』，卻不能『大涮一餐涮羊肉』。

一云分契

方別切五 訓同 種概移

上別 屑別切六 蒔也同

扒檗也 別分別。

别也。

飛小鳥

與獸同 吷飲也說文

啐飲小。

孑單也居

列切二 詨香也

吶女劣切一

設草。

啤鼻目間輕薄曰

妔妔也於悅切一

趉有所犯灾紀劣切又

蹵居月居衛二切五 蹶

豉人私許許發切人 釪戟也

趑趉趣 趫跳兒

穐禾長揭 揭起也。

設置也陳也。

戻舉目使人

威滅也。

威盡也

殘小風 勦承發

也土也

趐

所劣切四 刷同

刷毛也 嘣鳥理

細布別名 觸觶跳

嚴角小 躑罗也又

鏙石斷殺

絕破 鐵莘蝕似蟬而

殺小姊列切八

蟁上

鶴鷄 心說文

嘯小 拙去也

死

篡臾小 兒也。

朓七而易破

綕

天鼅說文曰束

死髮少小也 吷鳴呩

叱。

搬又音殺一 焆煙氣於

列切二 咰怒

兒中 生兒

草初

丑列切七 撤撤也 有苦蔑氏

摘也周禮 徹通也

雪切一 舳禮曰舳飲

水姝雪切一 剿廁列切

剿割斷聲也。

拔枯也寺

絕切二 蜥

城門中板

喜兒許 掑氣

列切二 嚘

說文曰嚘

禮曰嚘飲

水雪切一

惷惷癡小兒病

又昌制切 拙

亦作挩捈也余世

列切一 閟

也土列切

江蜥似蜥

蛑生海中 掣又昌制切

挽也昌列切二 瘈

瘈瘛小兒病

又昌制切

清刊本《宋本廣韻》『廠』小韻（內有『啐』字）（臺灣黎明文化事業股份有限公司影印）

4. 嗅

　　上三講說了『睨』、『噍』和『嘬』字，分別指眼和口的活動。現在要說的是與鼻有關的活動：〔¯huŋ〕。

　　〔¯huŋ〕就是聞，指用鼻子辨氣味，現在是通俗的口語『話音』。例如我們會說：『狗好鍾意周圍〔¯huŋ〕下〔¯huŋ〕下。』有趣的是，〔¯huŋ〕確有其字，而且是一個歷史悠久的字，寫法是『嗅』。

　　宋朝的《集韻》說『嗅』是『鼻審氣也』。有兩個切音，分別是『許救切』（粵音讀『口』的陰去聲）和『香仲切』（粵音讀『空』的陰去聲）。換言之，『嗅』字最晚在宋朝已經有類似〔¯huŋ〕的讀音。鼻腔與氣體接觸而產生的感覺叫『嗅覺』，廣東人一向誤讀為『臭覺』。普通話讀〔xiù jué〕，並不讀〔chòu jué〕，『嗅』和『臭』的讀音分得很清楚。〔xiù〕來自『許救切』。

　　『嗅』字的前身是『齅』，讀〔¯hɐu〕。《說文解字》說：『齅，以鼻就臭也。』即是用鼻子接觸氣味。『臭』即是氣

味，『臭』字從『自』從『犬』，『自』即解作『鼻』。可見古人也認同狗的鼻子十分靈敏。

　　在此要指出兩點。第一，古時『臭』字指氣味，但不一定是指難聞的氣味，例如《周易・繫辭上傳》：『二人同心，其利斷金。同心之言，其臭如蘭。』這裏『臭』是指氣味。第二，『齅』字到了唐朝已經被顏師古稱為古字，取而代之的是『嗅』字。古時，『臭』字也作動詞用，和『嗅』字意義相同，因此『嗅覺』讀作『臭覺』是可以理解的。到了今天，『臭』已經成為『嗅』字的『習非勝是』讀法。『嗅』字的〔￣hɐu〕音雖已消失，但〔￣huŋ〕音仍然保存在口語當中。口語也這樣古雅，我們怎能不對粵語另眼相看呢？

5. 褪

當有些人頻頻遇上倒霉的事情，我們會說這些人『行路打倒褪』，好像走路時雙腳乏力，不但不能前進，反而向後退。如果要留空一個席位，或者留空一個名額，我們會說『褪一個位出嚟』。這個『褪』字在《廣韻》屬『吐困切』，粵音讀〔˘tɐn〕。『褪』字從『衣』從『退』，很明顯是解作『脫衣』。元朝的《古今韻會舉要》說『褪』是『卸衣也』。引申義是脫落，花落亦可以用『褪』來形容；所以《韻會》又說『褪』是『花謝也』。再引伸出去，『褪』字又可解作『移開』。顏色減退叫『褪色』。

『褪』字在宋詞中頗常見，現在舉幾個例子：

蘇軾〈蝶戀花〉：『花褪殘紅青杏小。燕子飛時，綠水人家繞。』第一句形容殘花脫落，杏子初結，『褪』是指脫落。

周邦彥〈瑞龍吟〉：『章臺路。還見褪粉梅梢，試花桃樹。』梅花先春而開，開得早也謝得早。當梅花從枝頭

脫落的時候，桃樹便開花了。

趙鼎〈點絳唇〉：『消瘦休文，頓覺春衫褪。清明近。杏花吹盡。薄暮東風緊。』『休文』即沈休文。沈約字休文。作者好像沈約般消瘦，連春天的薄衫都未能承托得起，一披上身便褪下來。

周密〈玉京秋〉：『翠扇恩疏，紅衣香褪，翻成銷歇。』撇開典故不談，『香褪』即香氣減退之意。

因為『褪』有『退』的意思，所以向後退又叫『褪』。北宋末南宋初的名臣沈與求有一首五言古詩，題目加上現代標點是〈泛舟村落，阻風不能少進，而菱梢芡〔音『儉』〕觜，繚〔音『遼』〕舷〔音『弦』〕上下，篙人病之〉。詩的首六句是：『艇子掠岸行，水瘦不濡尾。狂飆振疏蓬，獵獵鳴兩耳。十篙八九褪，逆勢何乃爾。』意思是：『撐十次篙，有八九次都因為逆風而令小艇不但不能前進，還向後退。』

元朝楊顯之的劇曲《瀟湘雨》第一節有『待趨前，還褪後』這兩句。現在北方話已不用『褪後』這詞語，但廣州話仍然沿用。原來『褪後』這個詞語的歷史這麼悠久。

6. 紕

　　衣服穿舊了，領口和袖口就會『紕』。『紕』音『披』（〔ˈpei〕）。所謂『紕』，是指有輕微的破損。『紕』字現在已差不多成為口語話音，比較少人知道怎樣寫。『紕』字在《廣韻》屬『匹夷切』，可見這個讀法的確歷史悠久。

　　《廣韻》說：『紕，繒〔音『層』，或『爭』的陰去聲〕欲壞也。』繒是絲織品的統稱，所以『紕』是指布帛的輕微破損。『紕』又可以寫作『吡』和『綧』。

　　雖然『紕』主要用於口語，很多人未必知道怎樣寫，但是『紕漏』和『紕謬』這兩個詞語卻很多人知道。『紕漏』是『錯誤疏略』的意思，『紕謬』是『錯誤和乖離常理』的意思。《禮記‧大傳》：『聖人南面而聽天下，所且先者五，民不與焉。一曰治親，二曰報功，三曰舉賢，四曰使能，五曰存愛。五者一得於天下，民無不足無不贍者；五者一物紕繆，民莫得其死。』鄭玄〈注〉：『紕繆，猶錯也。』『繆』是『謬』的假借字。《世說新語》有三十六個條目，第三十四是〈紕漏〉，記載一些晉朝名士錯誤

疏略的言行。在《廣韻》，解作謬誤的是『紕』的同音字『諀』和『㤰』，不過這兩個字比較晚出，大抵是先有『紕』字，然後再衍生出其他的寫法。

　　根據舊題楊雄《方言》一書，古時南方人形容器皿破而未離叫做『䣥』，這可能是『㽸』的前身。『㽸』在《廣韻》是『紕』的或寫。可見古人造字太多，終而產生混淆了。現在大家只要記着『紕』字是形容輕微的破損便足夠了。

7. 摜

　　粵口語中有『摜低』、『摜倒』、『摜咗一交』。『摜』（〔⁻gwan〕）即『跌』。上古時候，『摜』並不解作『跌』，而是解作『習慣』。《說文解字》：『摜，習也。』『摜』就是習慣的『慣』字原寫法，《說文解字》並沒有『慣』字。

　　『摜』包含了手的動作，所以又引伸為『攜帶』（《廣韻》讀『古患切』，解作『摜帶』）和『投擲』。六國時候開始有『角觝戲』，後來又叫『相撲』，傳至日本；到了清代又俗稱為『摜交』，有時也寫作『貫交』。其實『交』字是諧『骹』和『跤』。這兩個字的原讀音是『敲』，即指小腿近腳眼之處，但是北方話早已讀作『交』，因此有時把『跤』字也寫作『交』。

　　《清稗類鈔》一書提及清朝時候新疆的蒙古人每年四月便相與貫跤、馳馬，以角勝負。內文說：『貫跤者，分東西列。二人躍出場，抗空拳相持搏。』『貫跤』即『摔跤』，以能夠把對方絆倒為勝。『摔』本指投擲，但後來又指跌倒，於是『摜』又有跌倒的意思。現在我們寫語體

文，跌倒可以寫『摔倒』；而粵口語卻不會說『摔倒』。

老一輩的人比較多用『攧倒』一詞，但是現在我們已較少用，只在說笑時才用『攧』字。一般人會覺得『攧』字比較土氣，又或以為它是表粵口語話音的生造字。其實『攧』字的歷史是十分悠久的。

8. 戇䀠

　　在粵口語中，我們形容一些不懂世故、欠聰明、反應遲緩的人為『戇䀠』，或『戇䀠䀠』。『䀠』音『居』（〔ˈgœy〕）。有些人覺得『戇䀠』這個詞語十分鄙俗，並且以為『䀠』是有聲無字的。其實『戇』和『䀠』都是古舊的字。

　　先談『䀠』字。『䀠』字在《廣韻》屬『舉朱切』，讀作『居』，陰平聲，解作『左右視也』。東漢許慎《說文解字》：『䀠，左右視也，从二目，讀若拘。又若良士瞿瞿。』左右視是左望右望，慌張的樣子。『良士瞿瞿』見於《詩·唐風·蟋蟀》，唐朝陸德明《經典釋文》給『瞿』字的讀音是『俱具反』，粵讀同『句』，陰去聲。『瞿瞿』是謹慎、着重禮儀的樣子，跟左右視無關。不過，《禮記·檀弓上》說：『既殯，瞿瞿如，有求而弗得。』孔穎達〈正義〉說：『瞿瞿，眼目速瞻之貌。求猶覓也，貌恆瞿瞿如有所失而求覓之，不得然也。』這是說孝子在父母殯殮後四處張望，非常失落的神情形貌。這裏『瞿』與『懼』的意義頗接近。『䀠』又讀作『文句』的『句』（《廣韻》：『九

遇切。』），所以又產生了『眗』這形聲字作為『田』的或
體字。『瞿』在《廣韻》既音『衢』（『其俱切』），又音『句』
（『九遇切』）。音『句』則解作『視兒』，和『田』意義相
近。『田』、『田田』、『瞿瞿』都予人『慌失失』之感，可謂
十分傳神。

　　『戇』字在《廣韻》屬『陟降切』，讀作『壯』
（〔⁻dzɔŋ〕），陰去聲。由讀作『壯』到讀現今的〔⁻ŋɐ̍ŋ〕
音，聲母和調值都改變了；聲母尤其變得厲害，可視作
口語音。『戇』字的普通話書面語音是〔zhuàng〕，口語音
是〔gàng〕。廣府俗語有『傻〔ˈgaŋ〕〔ˈgaŋ〕』一詞，正是模
仿北方方音而成的。《廣韻》說：『戇，愚也。』又說：
『愚，戇也。』『戇』即愚蠢。《孔子家語．辨政》說：『孔
子曰：忠臣之諫君有五義焉，一曰譎諫，二曰戇諫，三
曰降諫，四曰直諫，五曰風諫。』其中『戇』和『直』合為
『戇直』。唐朝元稹〈酬李相公〉詩：『戇直撩忌諱，科儀
懲傲頑。』《宋史．韓世忠列傳》說韓世忠『性戇直，勇敢
忠義。事關廟社，必流涕極言』。『戇直』即愚直沒有文
飾和花巧之意，這個詞語沒太大貶義。粵口語『戇田』所
含的貶義卻很大，所以千萬不要亂說別人『戇田』了。

9. 呰

　　粵口語有『〔ˈdyt〕長個嘴』這個詞語。有時候，你對某人好言相勸，怎料給對方『〔ˈdɐt〕咗幾句，非常冇癮』。〔ˈdyt〕和〔ˈdɐt〕究竟有沒有字可寫呢？這兩個音大抵來自『呰呰逼人』的『呰』（姑且音〔˗dzyt〕）字。

　　《說文解字》說『呰』是『相謂也』。『謂』是『報也』。『報』的原意是論罪，即定罪行的輕重。但現在已沒有這個意思，主要用於論人論事。但是『呰』解作『謂』就是〔ˈdɐt〕音所本。

　　《說文解字》並未提及『呰』字在當時一個重要的解釋，就是『驚嘆』。《淮南子‧覽冥訓》說：『故不招指，不呰叱。』『呰叱』即斥責、責備，可以說是『相謂』的引申義。『斥責』有『呼』的意思，所以『呰』又解作『呼叫』。曹植〈贈白馬王彪〉：『自顧非金石，呰嗟〔音『借』〕令心悲。』『呰嗟』有『驚嘆』之意。《後漢書‧逸民列傳》記載光武帝對嚴光說：『呰呰子陵，不可相助為理邪？』『呰呰』是嗟嘆聲。

《廣韻》說：『呭，呵也。』又說：『呵，責也、怒也。』《廣韻》說：『呵，噓氣也。』所以『呭』可以解作『責備』，又可以解作『驚嘆』、『嘆息』。『呭呭怪事』、『呭呭逼人』的『呭呭』都解作『驚嘆』。因為『驚嘆』、『噓氣』而使嘴形變長，所以『呭』就從『驚嘆』這個不及物動詞引伸為〔ˈdyt〕這個及物動詞了。

現在說到『呭呭逼人』的『呭』字怎會和〔ˈdyt〕以及〔ˈdɐt〕有關。『呭』在《廣韻》屬『當沒切』，又屬『丁括切』。『當』和『丁』同屬舌頭音〔d-〕聲母。古代沒有舌上音，所以『呭』讀〔ˈdyt〕還比讀〔˗dzyt〕近古。我們讀〔˗dzyt〕是因為『呭』與『拙』形近。當然，舌頭音變讀舌上音古已有之，所以無須刻意跟隨上古讀音。不過，『呭』的上古聲母卻在我們的口語中保留下來。

《廣韻》在『丁括切』小韻裏的『呭』（〔ˈdyt〕）字下注：『又「都骨切」。』但是『丁括切』的『呭』（〔ˈdyt〕）字的『又音』只有『當沒切』；換句話說，『都骨切』即『當沒切』。在《廣韻》中，『沒』和『骨』同屬『沒』韻。經過音變，現在『沒』和『骨』已不同韻了。而『都骨切』正好是〔ˈdɐt〕。上文已提及〔ˈdɐt〕有『斥責』之意。現在我們說『俾人〔ˈdɐt〕咗幾句』，即是給人責備了幾句。由此可見，有些粵音字詞的歷史真是相當悠久。

10. 抨

看過『粵語殘片』的朋友都會聽過以下的台詞：『信唔信我搵屈〔˞gwɐt〕頭掃把抨走你吖嗱！』五六十年前，差不多家家都有『椰衣掃把』，就像現在家家都有吸塵機一樣。椰衣掃把的『頭』邊掃邊掉毛，掉到差不多沒有毛就成為『屈頭』了。『屈頭』的『屈』即現在『屈曲』的『屈』，『屈』字在宋朝的《集韻》屬『渠勿切』，粵讀為〔˞gwɐt〕。《說文解字》：『屈，無尾也。』無尾的貓叫做『屈尾貓』，無尾的龍叫做『屈尾龍』，沒有頭毛的掃帚就叫做『屈頭掃把』了。

至於『抨走你』的『抨』字，《廣韻》讀『普耕切』，音『烹』（〔'paŋ〕），解作『彈也』。《說文解字》：『抨，撣也。』又：『撣，提持也。』指的是在木上彈繩墨時提持墨繩的動作。引伸至引弓亦叫做『抨』，持弓一引一放就是『彈』。《廣韻》中的『撣』字讀『徒干切』時解作『觸也』，讀『徒案切』時解作『撣觸也』。在《廣韻》，『彈』字讀平聲『徒干切』時解作『糾也、射也』。『射』的時候身體要正直，所以『彈』引伸為『糾正』、『糾劾』。『彈』

146

字讀去聲『徒案切』時解作『行丸』。《說文解字》釋『彈』
為『行丸也』，即『彈丸』。

　　杜甫〈自閬〔音『波浪』的『浪』〕州領妻子卻赴蜀山
行〉五律三首其三第三聯：『轉石驚魍魎，抨弓落狖〔音
『又』〕鼯。』李賀〈猛虎行〉四言詩：『長戈莫舂，長弩莫
抨。』『抨』字都用本義。《梁書·沈約列傳》沈約〈郊居
賦〉：『翅抨流而起沫，翼鼓浪而成珠。』『抨』解作『打
擊』，這是一拉一放的引申義。再引伸開去，『抨』亦指
用言語攻擊他人。《新唐書·陽嶠列傳》：『楊再思素與嶠
善，知其意不樂彈抨事。』『彈抨』即『彈劾』。陸游〈賀
蔣中丞啟〉：『某聞人情不遠，立朝誰樂於抨彈。』『抨
彈』即『彈劾』。劉克莊〈謝臺官舉陛陟啟〉：『恭惟明
公，追配前哲。其抨劾也，霜威之凌厲；其吹噓也，春
意之發生。』『抨劾』即『彈劾』。

　　香港的新聞傳媒常用『抨擊』一詞，『抨擊』即用言
論攻擊。元末明初陶宗儀《輟耕錄》卷二引元世祖對姚天
福說的話：『臣下有違太祖之制、干朕之紀者，汝抨擊
毋隱。』《明史·徐階列傳》：『帝惡給事御史抨擊過當，
欲有所行遣。』『抨擊』都是指用言語攻擊，比『批評』更
甚。因為新聞報道員把『抨擊』讀作『評擊』，所以知道
『抨』讀作『烹』又和掃帚扯上關係的人並不多。

11. 搽

　　搽粉、搽香水、搽唇膏、搽藥油，這些都是日常口語用詞，很多人以為『搽』字的寫法是『提手邊』一個『茶』。其實『搽』字相當晚出，正式的寫法是『搽』。『搽』就是『搽』。『搽』字在《廣韻》有兩個讀音。第一個是『宅加切』，讀作『查』（〔￼tsa〕），解作『搽飾，又音徒』。第二個讀音是『同都切』，讀作『途』（〔￼tou〕），解作『搽泥也、路也』。『搽泥』即泥濘，《廣雅·釋詁》亦說『搽』是『泥也』。如此看來，『搽』字作『修飾』解時讀作『查』更貼切。

　　『搽』字既讀〔￼tou〕又讀〔￼tsa〕，兩個韻母相去那麼遠可通讀？不過，大家是否注意到『車』字既讀〔ˈgœy〕又讀〔ˈtsɛ〕呢？『粗』字右邊聲符是『且』；『拏』字是上『奴』下『手』，讀〔￼na〕；『諸』字右邊聲符是『者』；『孤』字右邊聲符是『瓜』；而『茶葉』的『茶』字是由『如火如荼』的『荼』字演變出來的。這些字在上古都同屬『魚』部，到了中古才分屬『魚』、『模』及其仄聲韻部以及『麻』及其仄聲韻部。上古『魚』部的韻腹並非像今天粵語和國語般的撮口呼前高元音，而是像『我』韻腹般的後低元音。

上古『魚』部的字分化為中古『麻』韻，主要受介音的影響。在上古音中，『塗』（〔ˌtou〕）字的韻腹前並無介音。『塗』字是『定』母字，『定』是舌頭音。因為『古無舌上音』，所以我們讀〔t-〕聲母是近古的。『塗』字大抵是因為『定』母衍化為舌上音時順帶產生〔ˌtsa〕的讀音。

我們一般會把『塗』字讀〔ˌtou〕，但是讀古典詩詞的時候便不能一成不變了，因為『塗』字解作『塗飾』、『塗抹』的時候，主要是讀〔ˌtsa〕的。

現舉兩首唐詩為例：

柳宗元〈同劉二十八院長禹錫述舊言懷感時書事，奉寄灃州張員外使君署〔『署』是名〕五十二韻之作。因其韻增至八十，通贈二君子〉（內加標點以便理解）五言排律第四十四、四十五、四十六聯：『敢辭親恥污〔去聲〕，唯恐長〔上聲〕疵瘕。善幻迷冰火，齊諧笑柏塗。東門牛屨飯〔上聲〕，中散蝨空爬。』『瘕』、『塗』（〔ˌtsa〕）、『爬』都是押『麻』韻的，所以『塗』不能讀〔ˌtou〕。

元稹〈感石榴二十韻〉五言排律第十、十一、十二、十三、十四聯：『委作金爐燄，飄成玉砌瑕。乍驚珠綴密，終誤繡幃奢。琥珀烘梳碎，燕支嬾頰塗。風翻一樹火，電轉五雲車。絳帳迎宵日，芙蕖綻早芽。』『瑕』、『奢』、『塗』、『車』、『芽』都屬『麻』韻。

由此可見，『塗』字讀〔ˌtsa〕是十分古雅的。

時屡物華秋原被蘭葉春渚漲桃花令肅軍無援程懸

市禁貰不應虞竭澤寧復歎棲苴蹀躞驪先駕籠銅鼓

畲（音畬）衙染毫東國素濡印錦溪砂貨積舟難泊人歸山倍

報衙工折柳楚舞舊傳芭隱几松爲曲傾鐏石作

汙寒初滎橘柚夏首薦枇杷祀變荊巫禱風移魯婦髽

（莊華切）已聞施愷悌還覩正奇哀慕友慚連璧言姻喜附葭

沈埋全死地流落半生涯入郡腰恒折逢人手盡叉敢

辭親耻汙唯恐長疵瘕善幻逃冰火齊諧笑柏（泊一作塗音茶）

東門牛屢飯中散蝨空爬逸戲看猿鬭殊音辨馬撾渚

行狐作尊（蠖一作）林宿鳥爲薙（病也音嚏本作瘥）同病憂能老新聲屬

似姱豈知千仞墜祇爲一毫差守道甘長絕明心欲自

《全唐詩》柳宗元二　二

清刊本《全唐詩》柳宗元〈同劉二十八〉五言排律一部分（內有『齊諧笑柏塗』句）（臺灣復興書局影印）

12. 重

『天氣咁冷你重唔着多件衫？』『雖然九十歲，佢重好精神嚡。』『重』音『仲』，陽去聲，在這裏解作『仍然』。『講咗俾佢聽，佢重擔心。』『佢家姐好靚，不過佢個妹重靚。』『重』解作『更加』。『佢唔止聰明，重好勤力添。』『重』解作『還』。『重有』即『還有』，『還』和『仍然』意近。所以，在粵口語中，『重』主要解作『仍然』和『更加』。很多人以為『重』這個音無字可寫，於是用『伯仲叔季』的『仲』字表音，可謂多此一舉。

『重』字在《廣韻》有三個讀音。第一個讀音是『直容切』，粵音讀〔ˌtsuŋ〕，陽平聲，解作『複也、疊也』。第二個讀音是『直隴切』，粵音讀〔ˏtsuŋ〕，陽上聲，解作『多也、厚也、善也、慎也』。原來『厚重』、『慎重』的『重』讀陽上聲是很正確的。不過，經過『陽上作去』的程序，〔ˏtsuŋ〕（陽上聲）便變成〔_dzuŋ〕（陽去聲），現在我們也習慣講『厚〔_dzuŋ〕』、『慎〔_dzuŋ〕』；而〔ˏtsuŋ〕就多用在口語中，例如『好重』。『重』的第三個讀音是『柱用切』，粵音讀〔_dzuŋ〕，陽去聲，解作『更為也』。『更』

有『再』的意思。《集韻》謂『重』是『再也』。

在唐詩中，『重』字讀陽平聲或陽去聲都可以解作『再』，主要視乎格律。以下舉幾個例子：

杜甫〈奉濟驛重送嚴公四韻〉五律第二聯：『幾時杯重〔陽去聲〕把，昨夜月同行。』第一句的格律是『平平平仄仄』，第四字讀仄聲，所以『重』讀作『仲』。

杜牧〈重登科〉七絕第二聯：『花前每被青娥問，何事重〔陽平聲〕來只一人。』第二句的格律是『仄仄平平仄仄平』，如果把『重來只一人』的『重』字讀陽去聲，這詩句末五字的平仄組合便變成『仄平仄仄平』，即變成『孤平式』。『孤平式』是近體詩大忌，所以『重』在這句中讀陽平聲是正確的。

杜牧〈題烏江亭〉七絕第二聯：『江東子弟多才俊，卷土重〔陽平聲〕來未可知。』第二句的格律是『仄仄平平仄仄平』，如果『重』讀陽去聲，這詩句便犯孤平了。

溫庭筠〈送人東遊〉五律尾聯：『何當重〔陽去聲〕相見，樽酒慰離顏。』第一句的格律是『平平仄平仄』拗句，所以『重』要讀陽去聲。如果讀陽平聲，整句的平仄組合便變成『平平平平仄』，破壞了近體詩格律。

溫庭筠〈正見寺曉別生公〉五律尾聯:『雲山緣未絕,他日重〔陽去聲〕來尋。』第二句的格律是『仄仄仄平平』,如果第三字讀平聲,整句便變成三平式;所以『重』要讀陽去聲。

蘇軾〈九日尋臻閣〔音『蛇』〕梨遂泛小舟至懃師院二首〉七律其一第二聯:『南屏老宿開相過〔陰去聲〕,東閣郎君懶重〔陽去聲〕尋。』其二尾聯:『明年桑苧煎茶處,憶着衰翁首重〔陽去聲〕迴。』第二句的格律是『仄仄平平仄仄平』,第六字一定要讀仄聲。

蘇軾〈八月十七復登海樓自和前篇是日牓出與試官五人復留五首〉七絕其一第二聯:『非關文字須重〔陽平聲〕看,卻被江山未放回。』第一句的格律是『平平仄仄平平仄』,第六字一定要讀平聲,所以『重』在這句中要讀陽平聲。

蘇軾〈又次韻二守同訪新居二首〉七律其二尾聯:『治狀兩邦俱第一,潁川歸去肯重〔陽平聲〕臨。』第二句的格律是『平平仄仄仄平平』,第六字一定要讀平聲。『重』解作『再』。

13. 拚

　　粵口語中有『拚〔陰上聲，口語變調〕咗條老命』、『拚〔陰上聲，口語變調〕死無大害』。『拚』（陰上聲，口語變調）何解？答案是『拚咗條老命』的『拚』解作『捨棄』，『拚死』的『拚』解作『甘願』。『拚』讀陰上聲是口語變調，正寫是『拌』，可讀陰平聲、陽上聲和陽去聲。《廣韻》『普官切』（〔ˈpun〕）小韻有『拌』，解作『弃也，俗作拚』，《廣韻》的『弃』字是『抛棄』的『棄』字的古文寫法。另外《廣韻》『蒲旱切』小韻又有『拌』字，解作『弃也，又音潘』。『蒲旱切』讀〔ˌpun〕，陽上作去讀〔˗bun〕，聲母由送氣循例變成不送氣。『伴侶』的『伴』也讀『蒲旱切』，原讀〔ˌpun〕，即現今口語『兩個人一齊有〔ˌpun〕』、『年紀大應該搵個〔ˌpun〕』的〔ˌpun〕。陽上作去讀〔˗bun〕。〔ˌpun〕的口語變調是陰上聲〔ˇpun〕。所以『搵個〔ˌpun〕』也有人講『搵個〔ˇpun〕』。同時，『伴』也讀『薄半切』，陽去聲，也就是〔˗bun〕。不過這個讀音沒有口語變調。

　　楊雄《方言》卷十：『拌，棄也。楚凡揮棄物謂之

拌。』《廣雅 · 釋詁》亦釋『拌』為『棄也』。宋朝曾慥《高齋漫錄》：『能自拚命者，能殺人也。』即是說能捨棄自己生命的人就能夠殺人。『拚』即『捨棄』之意，能夠拚命就不怕死，甚至隨時都甘願赴死；因此『拚』又引伸為『甘願』。後世較少用『拌』字作『捨棄』和『甘願』解，唐詩多用『判』字，主要讀作『潘』，亦會用『拚』字。宋詩詞比較多用『拚』字，主要讀仄聲。以下舉幾個例子：

杜甫〈書堂飲既夜復邀李尚書下馬月下賦絕句〉七絕第二聯：『久判〔陰平聲〕野鶴如雙鬢，遮莫鄰雞下五更。』『判』解作『甘於』，『遮莫』解作『儘管』、『任由』。

杜甫〈曲江對酒〉七律第三聯：『縱飲久判〔陰平聲〕人共棄，懶朝〔陽平聲〕真與世相違。』『久判人共棄』即『早已甘願遭人擯棄』的意思。

元稹〈採珠行〉七古首四句：『海波無底珠沈海，採珠之人判〔可平可仄〕死採。萬人判〔可平可仄〕死一得珠，斛量買婢人何在？』『判死』即『冒死』、『甘願以生命作賭注』，即口語的『〔ˇpun〕死』。

白居易〈酬舒三員外見贈長句〉七律第二聯：『已判〔陰平聲〕到老為狂客，不分〔陽去聲〕當春作病夫。』『判』解作『甘願』。

方干〈題報恩寺上方〉七律尾聯：『清峭關心惜歸去，他時夢到亦難拌〔陰平聲〕。』『拌』是『甘心』的意思。

方干〈送永嘉王明府之任二首〉七律其一首聯：『定擬孜孜化海邊，須判〔陰平聲〕素髮侮流年。』『判』是『甘願』的意思。

宋朝晏幾道〈鷓鴣天〉首兩句：『彩袖殷勤捧玉鍾，當年拌〔可平可仄〕卻醉顏紅。』『拌卻醉顏紅』即『甘願整天喝醉』。

黃庭堅〈采桑子〉上片：『投荒萬里無歸路，雪點鬢繁。度鬼門關。已拌〔陽上聲〕兒童作楚蠻。』第四句的格律是『仄仄平平仄仄平』，所以『拌』不能讀作『潘』。

周邦彥〈解連環〉最後三句：『拌〔陽上聲〕今生、對花對酒，為伊淚落。』『拌』是『甘願』的意思。

侯置〈青玉案〉最後四句：『我拌〔陽上聲〕歸休心已許。短篷孤棹，綠蓑青笠，穩泛瀟湘雨。』『我拌歸休心已許』的格律是『仄仄平平平仄仄』，所以『拌』字不能讀平聲。

現在，『攪拌』的『拌』已經循『陽上作去』的途徑讀陽去聲，聲母依例變成不送氣。但『拌』已經沒有『捨棄』的意義。它的或體『拚』則主要以陰上聲口語變調〔ˇpun〕的讀法保存『捨棄』和『甘願』兩個意義。據《廣韻》，『拚』字有陰平〔ˈpun〕和陽上〔ˇpun〕兩讀。如果我們要保存『拚』字在口語變調中送氣的神韻，便不要把它的陽上聲送氣讀音〔ˇpun〕變成陽去聲不送氣讀音〔˗bun〕了。

14. 狼戾

『〔ˈlɔŋ ˇlɐi〕』是粵口語詞，形容一個人蠻不講理。『〔ˈlɔŋ ˇlɐi〕』是『狼戾』的口語變調。『戾』音『麗』（〔˗lɐi〕）。一般人把『戾』讀作『淚』是錯的。

『戾』字在《廣韻》屬『郎計切』，陽去聲。其中一個解釋是『很戾』，即狼毒乖戾。東漢《說文解字》說：『戾，曲也，从犬出户下。戾者，身曲戾也。』

『狼戾』一詞的來源甚古，《戰國策‧燕策》：『夫趙王之狼戾無親，大王之所明見知也。』《漢書‧嚴助傳》：『今閩越王狼戾不仁，殺其骨肉，離其親戚，所為甚多不義。』『狼戾』都有狼毒乖戾的意思。

現在的〔ˈlɔŋ ˇlɐi〕沒有古時的『狼戾』那麼嚴重，起碼『狼毒』的意思並不明顯。大抵經過變調後，『狼』變成陰平聲，不復似『狼』，原來的意義亦因此消失，『〔ˈlɔŋ ˇlɐi〕』只剩下『乖戾』的意思。

《說文解字》說『戾』是『曲也』。因為『戾』有『乖曲』的意思，所以有『戾橫折曲』這口語詞，亦有『戾轉身』、『戾轉背』、『戾手抶咗佢』、『瞓戾頸』等口語詞。這些口語詞證實了前人把『戾』字讀作『麗』而不是『淚』。

　　上古時期，『狼戾』還有另一個解釋，就是『多而散亂』。《孟子・滕文公上》：『樂歲粒米狼戾。』東漢趙岐〈注〉：『樂歲，豐年；狼戾，猶狼藉也。粒米，粟米之粒也。饒多狼藉，棄捐於地。』即是說豐收之年的粟米粒到處都是。孟子用了『狼戾』的聲音來表示粒米之多。

　　《淮南子・覽冥訓》：『孟嘗君為之增欷歍唈，流涕狼戾不可止。』東漢高誘〈注〉：『增，重也；歍唈，失聲也；狼戾，猶交橫也。』『狼戾』用來形容孟嘗君縱橫的涕淚。

　　上舉兩例的『狼戾』是意義存乎聲音的雙聲聯緜字，跟『狼』是『狠毒』、『戾』是『乖曲』的『狼戾』不同。

15. 左近

　　曾經有某商店的廣告說：『梗有一間喺左近〔陰上聲，口語變調〕。』言下之意是這間商店有很多分店。『左近』大抵是『左右附近』的簡稱。

　　『近』字在《廣韻》有兩讀：『其謹切』，讀〔ˊkɐn〕，陽上作去讀〔˗gɐn〕，解作『迫也、幾也』；『巨靳切』，讀〔˗gɐn〕，解作『附也』。現在〔ˊkɐn〕變成口語音，〔˗gɐn〕則被視為讀書音。陰上聲〔ˇgɐn〕是〔˗gɐn〕的口語變調。

　　《詩·小雅·采菽》：『平平左右，亦是率從。』左右是指相連之國，有『兩旁』的意思。《詩·大雅·文王》：『文王陟降，在帝左右。』『左右』是『身邊』的意思。北魏酈道元《水經注·夷水》：『縣東十許里至平樂村，又有石穴，出清泉，中有潛龍。每至大旱，平樂左近村居輦草穢着穴中。龍怒，須臾水出，蕩其草穢，傍側之田皆得澆灌。』《南史·夷貊傳》：『復東行漲海千餘里，至自然大洲，其上有樹生火中。洲左近人剝取其皮，紡績作布，以為手巾。』可見『左近』一詞來源甚遠。

後來白話文也用『左近』，明朝凌濛初《二刻拍案驚奇》卷二十八：『這游僧也去不久，不過只在左近地方，要訪着他也不難的。』現在『左近』一詞在普通話中並不常用，但在粵口語中仍然常用，可見粵人很念舊。

　　粵口語有時候會用『咁上下〔陰上聲，口語變調〕』和『咁上近〔陰上聲，口語變調〕』來形容『差不多』、『頗接近』。『上下附近』的簡稱就是『上近』了。

近體詩格律淺說

　　唐朝以前並無古體詩和近體詩之分。南朝沈約『四聲八病』之說和重視平仄配搭的『永明體』在初唐時得到充分發揮,終於形成了近體詩的格律。『近體』一詞是相對於唐以前的詩體而發明的。所以唐以前的詩體可以叫做『古體』。這是從概念上言。近體詩格律形成後,唐朝詩人寫古體詩時便要盡量迴避近體詩格律。所以,有了近體詩格律之後,古體詩也建立了一套特有的格律。

　　唐朝自開元以來,考進士試一般都要賦詩,考的是五言十二句的『排律』,間中也有例外。這些資料,從宋朝的類書《文苑英華》和清朝徐松的《登科記考》可以看到。至於唐人日常以近體詩酬唱,則以五、七言絕句和律詩為主,排律反而沒那麼普遍。

　　近體詩四句的叫絕句(古體詩四句的也可以叫絕句),八句的叫律詩,十句或以上的叫排律。近體詩格律比古體詩格律嚴得多。縱使如此,唐朝的近體詩格律中的『拗』和『救』,到了中唐還是在嘗試階段。可見詩律趨

於嚴格化，並非一朝一夕的事。

　　談及近體詩格律的現存載籍，最早是清初王士禛的《律詩定體》和趙執信的《聲調譜》。趙書並且談及古詩格律。繼之而成的有乾隆年間翟翬的《聲調譜拾遺》和李汝襄的《廣聲調譜》、嘉慶年間吳紹澯的《聲調譜說》和同治年間董文渙的《聲調四譜圖說》等書。這些載籍主要是從唐以來的詩作訂定平仄組合的規矩。換句話說，我們現在談近體詩格律，主要是經統計而得出的結論。

· 平仄 ·

　　近體詩有嚴格的平仄規限，作近體詩，不能隨便變更詩中平仄聲的位置。所謂平仄，是指平上去入四聲，其中『上去入』三聲統稱仄聲。中古四聲還有清濁之分，經後人研究，發清音時聲帶不顫動，發濁音時聲帶顫動。清濁並不指音調高低。隨着語音變化，清聲母的字變成陰聲字，濁聲母的字變成陽聲字，陰陽都是指音調的高低而定的。在一般方言裏，同是平聲，陰平聲相對陽平聲而言，音階較高。仄聲也是一樣。這當然也有例外，像潮州話的陰平聲較陽平聲音階為低，梅縣音系的陰入聲較陽入聲音階為低，廈門音系的陰去聲較陽去聲的音階為低、陰入聲較陽入聲的音階為低，福州音系陰入聲較陽入聲的音階為低便是（參考近人袁家驊等的《漢語方言概要》）。粵音則沒有這些差異。今天的粵語標準音的陰陽平仄跟中古音的清濁平仄對應得非常好。中古音的清濁，在粵音是陰陽；中古音的平、去、入，在粵音也是平、去、入。中古音清聲母入聲在粵音則分為陰入和中入兩聲，所以粵音中入聲是屬於陰聲部分的。中古音次濁聲母上聲在粵音是陽上聲（尤指〔l-〕、〔m-〕、

〔n-〕和〔ŋ-〕聲母而言），只有中古音全濁聲母上聲在粵音大都作陽去聲。要點見本文〈中古音和粵音聲調對應表〉。

中古音和粵音聲調對應表

中古音	粵音
清聲母平聲	陰平聲
清聲母上聲	陰上聲
清聲母去聲	陰去聲
清聲母入聲	陰入聲
	中入聲
濁聲母平聲	陽平聲
濁聲母上聲	陽上聲
	陽去聲
濁聲母去聲	陽去聲
濁聲母入聲	陽入聲

由於粵音和中古音的強烈對應關係，因此用粵音讀古人的近體詩，仍然鏗鏘可誦，平仄無誤。在保存中國傳統文化和欣賞中國古典文學方面，粵音承擔了重要的使命。

北方方言自金、元以來便沒有入聲，中古音的入聲，在北方方言裏已分別和平、上、去三聲相混，所以並不適宜用來誦讀古典詩詞。入聲指〔-p〕、〔-t〕或〔-k〕塞音收音的聲（有人選擇用不送氣塞音符號〔-b〕、〔-d〕、〔-g〕代替送氣塞音符號〔-p〕、〔-t〕、〔-k〕）。所謂塞音收音是相對於鼻音收音而言的。〔-m〕鼻音收音的相對塞音收音是〔-p〕，兩者的口形和舌形完全一樣；〔-n〕鼻音收音的相對塞音收音是〔-t〕；〔-ŋ〕鼻音收音的相對塞音收音是〔-k〕。

後面五個調聲表可以幫助我們認識粵音九聲的梗概。

調聲表一

陰平	陰上	陰去	陰入
針〔ˈdzɐm〕	枕〔ˇdzɐm〕	浸〔ˉdzɐm〕	汁〔ˈdzɐp〕
金〔ˈgɐm〕	錦〔ˇgɐm〕	禁〔ˉgɐm〕	急〔ˈgɐp〕
君〔ˈgwɐn〕	滾〔ˇgwɐn〕	棍〔ˉgwɐn〕	骨〔ˈgwɐt〕
登〔ˈdɐŋ〕	等〔ˇdɐŋ〕	凳〔ˉdɐŋ〕	得〔ˈdɐk〕
邊〔ˈbin〕	貶〔ˇbin〕	變〔ˉbin〕	必〔ˈbit〕
英〔ˈjiŋ〕	影〔ˇjiŋ〕	應〔ˉjiŋ〕	益〔ˈjik〕
荀〔ˈsœn〕	筍〔ˇsœn〕	信〔ˉsœn〕	恤〔ˈsœt〕
東〔ˈduŋ〕	董〔ˇduŋ〕	凍〔ˉduŋ〕	篤〔ˈduk〕

調聲表二

陰平	陰上	陰去	中入
監〔ˈgam〕	減〔ˇgam〕	鑒〔ˉgam〕	甲〔ˉgap〕
翻〔ˈfan〕	反〔ˇfan〕	泛〔ˉfan〕	發〔ˉfat〕
金〔ˈgɐm〕	錦〔ˇgɐm〕	禁〔ˉgɐm〕	鴿〔ˉgɐp〕
兼〔ˈgim〕	檢〔ˇgim〕	劍〔ˉgim〕	劫〔ˉgip〕
先〔ˈsin〕	冼〔ˇsin〕	綫〔ˉsin〕	屑〔ˉsit〕
剛〔ˈgɔŋ〕	講〔ˇgɔŋ〕	降〔ˉgɔŋ〕	角〔ˉgɔk〕
搬〔ˈbun〕	本〔ˇbun〕	半〔ˉbun〕	鉢〔ˉbut〕
冤〔ˈjyn〕	苑〔ˇjyn〕	怨〔ˉjyn〕	乙〔ˉjyt〕

調聲表三

陰平	陰上	陰去
家〔ˈga〕	假〔ˇga〕	嫁〔ˉga〕
威〔ˈwɐi〕	委〔ˇwɐi〕	畏〔ˉwɐi〕
希〔ˈhei〕	喜〔ˇhei〕	戲〔ˉhei〕
遮〔ˈdzɛ〕	者〔ˇdzɛ〕	借〔ˉdzɛ〕
招〔ˈdziu〕	沼〔ˇdziu〕	照〔ˉdziu〕
科〔ˈfɔ〕	火〔ˇfɔ〕	貨〔ˉfɔ〕
孤〔ˈgu〕	古〔ˇgu〕	故〔ˉgu〕
朱〔ˈdzy〕	主〔ˇdzy〕	注〔ˉdzy〕

調聲表四

陽平	陽上	陽去	陽入
藍〔ˌlam〕	覽〔ˏlam〕	纜〔ˍlam〕	臘〔ˍlap〕
淫〔ˌjɐm〕	荏〔ˏjɐm〕	任〔ˍjɐm〕	入〔ˍjɐp〕
聞〔ˌmɐn〕	吻〔ˏmɐn〕	問〔ˍmɐn〕	物〔ˍmɐt〕
零〔ˌliŋ〕	嶺〔ˏliŋ〕	另〔ˍliŋ〕	力〔ˍlik〕
寒〔ˌhɔn〕	旱〔ˏhɔn〕	汗〔ˍhɔn〕	曷〔ˍhɔt〕
梁〔ˌlœŋ〕	兩〔ˏlœŋ〕	亮〔ˍlœŋ〕	略〔ˍlœk〕
門〔ˌmun〕	滿〔ˏmun〕	悶〔ˍmun〕	沒〔ˍmut〕
原〔ˌjyn〕	遠〔ˏjyn〕	願〔ˍjyn〕	月〔ˍjyt〕

調聲表五

陽平	陽上	陽去
圍〔ˌwɐi〕	偉〔ˏwɐi〕	慧〔˗wɐi〕
留〔ˌlɐu〕	柳〔ˏlɐu〕	漏〔˗lɐu〕
蛇〔ˌsɛ〕	社〔ˏsɛ〕	射〔˗sɛ〕
無〔ˌmou〕	武〔ˏmou〕	冒〔˗mou〕
鵝〔ˌŋɔ〕	我〔ˏŋɔ〕	餓〔˗ŋɔ〕
誰〔ˌsœy〕	緒〔ˏsœy〕	睡〔˗sœy〕
扶〔ˌfu〕	婦〔ˏfu〕	父〔˗fu〕
梅〔ˌmui〕	每〔ˏmui〕	妹〔˗mui〕

　　能夠分辨平仄，便能夠理解近體詩格律。以下先談近體詩的平仄起式，然後談律句的特殊形式。

・ 平仄起式 ・

　　近體詩格律其實就是平仄聲的一種優美組合。近體詩有絕句，有律詩，有排律：絕句四句，律詩八句。十句或以上的近體詩是排律。詩中每兩句叫『一聯』。詩體嚴格化後，律詩和排律除了首聯和尾聯外，都要對偶；絕句則沒有硬性規定。因為對偶關乎詞性，所以這裏不談。

　　近體詩有平起式和仄起式之分。如果第一句的第二字（不是第一字）是平聲字，就叫『平起式』；如果是仄聲字，就叫『仄起式』。近體詩最常見是五言和七言律詩，所以我們以律詩為例。以下是各起式的格律：

（一）五言平起式

　　平平平仄仄　或　平平仄仄平（韻）
　　仄仄仄平平（韻）
　　仄仄平平仄
　　平平仄仄平（韻）
　　平平平仄仄

仄仄仄平平（韻）

仄仄平平仄

平平仄仄平（韻）

（二）五言仄起式

仄仄平平仄　或　仄仄仄平平（韻）

平平仄仄平（韻）

平平平仄仄

仄仄仄平平（韻）

仄仄平平仄

平平仄仄平（韻）

平平平仄仄

仄仄仄平平（韻）

（三）七言平起式

平平仄仄平平仄　或　平平仄仄仄平平（韻）

仄仄平平仄仄平（韻）

仄仄平平平仄仄

平平仄仄仄平平（韻）

平平仄仄平平仄

仄仄平平仄仄平（韻）

仄仄平平平仄仄

平平仄仄仄平平（韻）

（四）七言仄起式

仄仄平平平仄仄　或　仄仄平平仄仄平（韻）
平平仄仄仄平平（韻）
平平仄仄平平仄
仄仄平平仄仄平（韻）
仄仄平平平仄仄
平平仄仄仄平平（韻）
平平仄仄平平仄
仄仄平平仄仄平（韻）

律詩第一聯叫『首聯』，第二聯叫『頷聯』，第三聯叫『頸聯』或『腹聯』，末聯叫『尾聯』。

以上各起式，句末用平聲定要押韻。唐朝人應舉主要作五言十二句排律，用的韻書是《切韻》和《唐韻》。隋朝陸法言等人斟酌古今南北方言，撰《切韻》。唐天寶年間，孫愐重為刊定，名為《唐韻》。北宋大中祥符年間，陳彭年等重修《切韻》和《唐韻》，名為《大宋重修廣韻》。《廣韻》韻部都注明『同用』或『獨用』，以作為省試詩用韻的標準。而北宋丁度亦參考《廣韻》而成《禮部韻略》，作為科舉用書。南宋時，江北平水（平水，或說是官名，或說是地名）劉淵重為刊定，把同用的韻部合併，稍加變通，名為《壬子新刊禮部韻略》，為後世詩韻所本。故明、清以來的詩韻又稱『平水韻』。我們現在寫近體詩，用韻方面仍然依照平水韻。

近體詩第一句可用韻可不用韻，用韻則句末用平聲字，不用韻則句末用仄聲字。五言詩格律在第二字後有一小停頓。以平起式為例，在第二字，亦即『平』字之後，便有一小停頓。第四字的平仄和第二字一定相反。所以，如果第二字是平，第四字便是仄。如果第一句不押韻，那麼第五字便是仄，於是成了『○平○仄仄』。近體詩的格律，平仄分配至要平均，而每個停頓前或後都應該有一對平或仄，這才動聽，所以小停頓前平聲之前也一定是平聲。小停頓後既然已經有一對仄聲，這對仄聲前就不能再放仄聲，否則便變成『三仄』，不動聽（正式作詩時又作別論），所以只好下一個平聲。於是全句成為『平平平仄仄』。那麼開頭一連三個平聲算不算『三平』呢？不算，因為一對平聲之後是小停頓，第三個平聲屬小停頓之後。

　　如果我們作近體詩要在第一句押韻，也很簡單，只要把第三字的『平』和第五字的『仄』對調，便變成『平平仄仄平』了。

　　第二句和第一句的平仄應該完全相反，雙數字尤其要這樣。第一句如果是『平平平仄仄』，第二句第二字便一定是仄聲，第四字便一定是平聲。這叫做『對』，不然便是『失對』。第二句例必押韻，是以第五字一定要平聲，於是成了『○仄○平平』。小停頓前的仄聲不能獨

守，於是第一字下一仄聲，合成一對仄聲。小停頓後已經有一對平聲，不能再加一平，是以一對平聲之上便應置一仄聲，整句便成為『仄仄仄平平』。

第三句跟第二句的關係是『黏』，即是說，二、四位置跟第二句的一樣，不然便是『失黏』。第二句是『仄仄仄平平』，是以第三句第二字必是仄，第四字必是平。第三句例不押韻，所以末字用仄聲，於是成了『○仄○平仄』。小停頓前的仄聲不能獨守，於是句首置一仄聲，合成一對仄聲。小停頓後『平仄』前不能下仄聲，不然一句有四仄聲。是以只能下平聲，整句便變成『仄仄平平仄』。

第四句跟第三句的關係是『對』。第四句是雙數句（雙數句又叫『對句』），所以例必協韻，末字用平聲。整句很自然地成了『平平仄仄平』，和第一句押韻用的形式一樣。

如此類推，第五句跟第四句的關係是『黏』。單數句（單數句又叫『出句』）例不用韻，形式成了『平平平仄仄』，和第一句不押韻的形式一樣。第六句跟第五句的關係是『對』。雙數句（對句）例必協韻，形式成了『仄仄仄平平』，和第二句形式一樣。第七句跟第六句的關係是『黏』。單數句（出句、奇句）例不用韻，形式成了『仄仄平平仄』，和第三句形式一樣。第八句和第七句的關係

是『對』。雙數句（對句、偶句）例必協韻，形式成了『平平仄仄平』，和第四句形式一樣。第九句、第十句……第一百句……第二百句也可以用這個方法推算出來。我們在《全唐詩》可以看到不少排律，就是這樣寫出來的。

五言仄起式的推算法和平起式一樣，也是第一句可押韻可不押韻。仄起式第一句第二字是仄聲。

七言律詩的格律也很簡單，只不過從五言律詩的格律衍變而成。第一句『仄仄平平仄』前面加上『平平』，便變成平起式的『平平仄仄平平仄』，小停頓在『平平仄仄』之後。如果第一句要押韻，形式便成為『平平仄仄仄平平』。七言律詩仄起式是『仄仄平平平仄仄』，小停頓在『仄仄平平』之後。如果第一句要押韻，形式便成為『仄仄平平仄仄平』。

凡是仄聲押韻的詩，縱使每句平仄合乎近體，也不是近體詩，只能算是古體。

以上談過近體詩的格律。格律是整齊的、無變化的、易記誦的。真正寫起詩上來，卻不像格律般一成不變。明季以來口訣有云：『一、三、五不論，二、四、六分明。』如果是五言詩，當然就是『一、三不論，二、四分明』了。即是說，如果我們作詩時在單數字變換平仄，

有時是可以的。就是因為這樣，我們看一首近體詩是平起式還是仄起式就不能看第一字而要看第二字了。因為第一字可以變，而第二字除了極例外的情形外，都不能變動平仄（像李白〈黃鶴樓送孟浩然之廣陵〉首句『故人西辭黃鶴樓』是例外，不宜學）。

一般來說，出句的平仄變動比較寬。對句因為要協韻，所以平仄限制較嚴。所以『一、三、五不論』用在出句尚可，用在對句則未必。舉例說：『平平仄仄平平仄』在作詩時大可寫成『仄平平仄仄平仄』，甚或『仄平仄仄仄平仄』，縱使仄聲比較多也無妨。而『仄仄平平平仄仄』也大可寫成『平仄仄平仄仄仄』，甚或『仄仄仄平仄仄仄』（這不是犯孤平，不用韻句沒有犯孤平這回事），反為有一種古拙的感覺，同時也不傷害格律。對句卻未必能夠一、三、五不論。『平平仄仄仄平平』如果寫成『仄平平仄平平平』或『仄平仄仄平平平』便成了三平句。出句用三仄一般可以接受，因為仄聲分上、去、入，三仄看似無變化而其實變化在其中。三平則過於單調，除了故意營造古詩氣氛外，實在不宜用。遇到『仄仄平平仄仄平』更要小心，如果寫成『仄仄仄平仄仄平』或『平仄仄平仄仄平』便變成了『犯孤平』。『孤平』當是清初以後才發明的術語。『孤平式』一詞首見於乾隆年間李汝襄的《廣聲調譜》卷上，特指『仄平仄仄平』而言，並且說：『孤平為近體之大忌，以其不叶也。』如果近體詩對句『平平仄

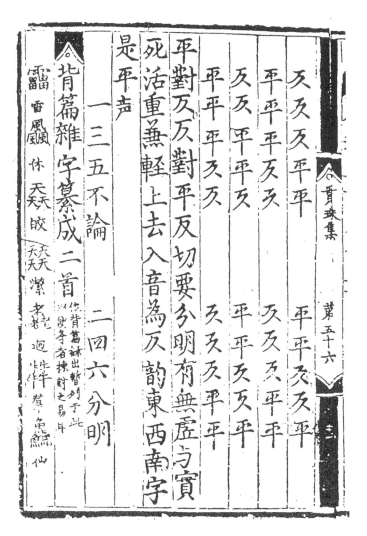

明刊本釋真空《篇韻貫珠集》(《四庫全書存目叢書》)『一三五不論』口訣（臺灣莊嚴文化事業有限公司影印）

仄平』寫成『仄平仄仄平』，『仄仄平平仄仄平』寫成『仄仄仄平仄仄平』或『平仄仄平仄仄平』，便叫『犯孤平』。單從字面上看，『孤平』是一個含糊的詞語，容易使人以為律句中任何一個被仄聲所夾的平聲便是孤平（同治年間董文渙《聲調四譜圖說》便作如是解）。其實，『犯孤平』只是紀錄『仄平仄仄平』、『仄仄仄平仄仄平』或『平仄仄平仄仄平』的符號而已。

『孤平』在初、盛唐時並無特別禁忌，李頎、高適、孟浩然、李白和杜甫的律詩首聯都有『孤平』的句子：

① 百歲老翁不種田，惟知曝背樂殘年。
　　仄 仄 仄 平 仄 仄 平

（李頎〈野老曝背〉七絕）

② 飲酒莫辭醉，醉多適不愁。
　　　　仄 平 仄 仄 平

（高適〈淇上送韋司倉往滑臺〉五律）

③ 出谷未停午，到家日已曛。
　　　　仄 平 仄 仄 平

（孟浩然〈遊精思觀回王白雲在後〉五律）

④ 斗酒勿為薄，寸心貴不忘。
　　　　仄 平 仄 仄 平

（李白〈南陽送客〉五律）

⑤ 夜深露氣清，江月滿江城。
　　仄 平 仄 仄 平

（杜甫〈翫月呈漢中王〉五律）

凡七言弟一字俱無論弟三字與五言弟一字同例

凡雙句弟三字應仄聲者可拗平聲應平聲者不可

拗仄聲

七言平起入韻

聯鑣歸去早六街消盡馬蹄塵

光迎轉欲留春班。分輦道花迎佩仗出宮牆柳映人獨喜

輕陰小雨夜連晨中使傳呼散紫宸天氣薰蒸疑作暑風

七言仄起入韻

待旦金門漏未稀雜鳴月落　此字必平凡平不可令單○　此字關係起句比三五七句

露霏霏珠瓏燦列星文動劍佩森關仗飛十二鳳　此字嚴緊

清刊本王士禎《律詩定體》(《天壤閣叢書》)『七言平起入韻』及『七言仄起入韻』條(『中使傳呼散紫宸』句『傳』字不能用仄;『待旦金門漏未稀』句『金』字不能用仄)(原刊本)

其後詩律轉嚴，『孤平』由於引致律句氣格卑弱，便成為詩家大忌。我們寫近體詩，如果在『平平仄仄平』的第一字用仄聲，便可以在第三字用平聲；如果在『仄仄平平仄仄平』的第三字用仄聲，便可以在第五字用平聲。換句話說，『仄平平仄平』和『仄仄仄平平仄平』都是避孤平的律句。

唐人七言近體詩偶有『平仄仄平仄仄平』形式，在當時大概也是用來補救『孤平』的。以下是兩個例子：

① 前山極遠碧雲合，清夜一聲白雪微。
　　　　　　　平 仄 仄 平 仄 仄 平

（杜牧〈寄遠〉七絕）

② 孤舟千棹水猶闊，寒殿一燈夜更高。
　　　　　　　平 仄 仄 平 仄 仄 平

（許渾〈泊蒜山津聞東林寺光儀上人物故〉）

又馬戴落日
悵望詩

孤雲與飛鳥千里片時間念我何留滯辭家久未還微

陽下喬木遠色隱秋山臨水不敢照恐驚平昔顏

各種拗體前已註明茲復彙於一處令學者知

各種拗體既可單用兼可參用也

孤平式　杜甫翫月呈漢中王詩

夜深露氣清江月滿孤城浮客轉危坐歸舟應獨行關

又送客詩　李白南陽

山同一照烏鵲自多驚欲得淮王術風吹暈已生

易簡堂

清刊本李汝襄《廣聲調譜》(《清詩話仿佚初編》)『孤平式』條(臺灣新文豐出版公司影印)

斗酒勿為薄寸心貴不忘坐惜故人去偏令遊子傷離

顏怨芳草春思結垂楊揮手再三別臨岐空斷腸

又人戴叔倫送友人東歸詩

萬里楊柳色出關送故人輕烟拂流水落日照行塵積

憂江湖闊憶家兄弟貧徘徊灞亭上不語自傷春

孤平為近體之大忌以其不叶也但五律近古

與七律不同故唐詩全帙中不無一二用者然

必借拗體以配之此在古人故作放筆非無心

也若不察而誤用失之遠矣

不過，七言『仄仄平平仄仄平』韻句如果第三字用仄聲，第一字用平聲而第五字不用平聲，則未能提起整句氣格，並不為後世詩家所取法。『仄仄仄平平仄平』始終是七言避孤平的常見形式。下面是一些例子：

① 百年將半仕三已，五畝就荒天一涯。
　　　　　　　　　仄仄仄平平仄平

（高適〈重陽〉）

② 鄧攸無子尋知命，潘岳悼亡猶費辭。
　　　　　　　　　平仄仄平平仄平

（元稹〈遣悲懷三首〉其三）

③ 寒窗羞見影相隨，嫁得五陵輕薄兒。
　　　　　　　　　仄仄仄平平仄平

（施肩吾〈代征婦怨〉）

④ 溪雲初起日沈閣，山雨欲來風滿樓。
　　　　　　　　　平仄仄平平仄平

（許渾〈咸陽城東樓〉）

⑤ 殘星幾點雁橫塞，長笛一聲人倚樓。
　　　　　　　　　平仄仄平平仄平

（趙嘏〈長安晚秋〉）

現在就五、七言每一起式舉一個例：

（一）五言平起式

山居秋暝　　　王維

空山新雨後，	平平平仄仄
天氣晚來秋。	平仄仄平平
明月松間照，	平仄平平仄
清泉石上流。	平平仄仄平
竹喧歸浣女，	仄平平仄仄
蓮動下漁舟。	平仄仄平平
隨意春芳歇，	平仄平平仄
王孫自可留。	平平仄仄平

（二）五言仄起式

月夜憶舍弟　　　杜甫

戍鼓斷人行，	仄仄仄平平
邊秋一雁聲。	平平仄仄平
露從今夜白，	仄平平仄仄
月是故鄉明。	仄仄仄平平
有弟皆分散，	仄仄平平仄
無家問死生。	平平仄仄平
寄書長不達，	仄平平仄仄
況乃未休兵。	仄仄仄平平

（三）七言平起式

客至　　　　　杜甫

舍南舍北皆春水，　　仄平仄仄平平仄

但見羣鷗日日來。　　仄仄平平仄仄平

花徑不曾緣客掃，　　平仄仄平平仄仄

蓬門今始為君開。　　平平平仄仄平平

盤飧市遠無兼味，　　平平仄仄平平仄

樽酒家貧只舊醅。　　平仄平平仄仄平

肯與鄰翁相對飲，　　仄仄平平平仄仄

隔籬呼取盡餘杯。　　仄平平仄仄平平

（四）七言仄起式

錦瑟　　　　　李商隱

錦瑟無端五十弦，　　仄仄平平仄仄平

一弦一柱思華年。　　仄平仄仄仄平平

莊生曉夢迷蝴蝶，　　平平仄仄平平仄

望帝春心託杜鵑。　　仄仄平平仄仄平

滄海月明珠有淚，　　平仄仄平平仄仄

藍田日暖玉生煙。　　平平仄仄仄平平

此情可待成追憶，　　仄平仄仄平平仄

只是當時已惘然。　　仄仄平平仄仄平

　　作詩而平仄無誤，已經是不能再苛求了。但有些大作手，為了表現自己獨特的功力，還要把每句的仄聲字

嚴分上、去、入，務使不要重複。以下舉一個例子：

和晉陵陸丞早春遊望　杜審言

獨有宦遊人，　　　入上去平平

偏驚物候新。　　　平平入去平

雲霞出海曙，　　　平平入上去（三仄）

梅柳渡江春。　　　平上去平平

淑氣催黃鳥，　　　入去平平上

晴光轉綠蘋。　　　平平上入平

忽聞歌古調，　　　入平平上去

歸思欲霑巾。　　　平去入平平

　　從以上例子可以看得出，詩中每句的上、去、入聲，絕不重複，所以讀起來婉轉流易。這無疑是很細密的寫法了。更有甚者，第三、五、七句末字的仄聲，也不犯上尾，分別是去、上、去。凡出句一連兩句末字用同一種仄聲，詩家叫做『上尾』（這是一般叫法。用沈約『八病』則之，似乎應稱為『鶴膝』）。例如第三句末字是去聲，第五句末字也是去聲；又例如第五句末字是入聲，第七句末字也是入聲，便是犯上尾（董文渙《聲調四譜圖說》卷十一：『間有〔單句〕句末三聲偶不具者，而上去、去入、入上句必相間，乃為入式，否則犯上尾矣。』）。犯上尾跟犯孤平不同，並不算大毛病，但是能夠避免總是好的。杜審言這首詩用去、上、去，並沒有犯上尾。

· 特殊律句形式 ·

　　唐人作近體詩，為求多變，設計了一些特殊平仄組合的句子，沿用至今。有些句子故意違反近體詩格律，稱為『拗句』。有些特殊平仄組合的句子，並沒有違反近體詩格律，只是看起來多了一些平聲或仄聲。這些當然不是拗句，但也可以一新耳目。以下舉一些常見的例子：

（一）『平平平仄仄』變為『平平仄平仄』

　　這是拗句，末第三字和末第二字平仄對調。在『二、四、六分明』的原則下，末第二字由仄聲變平聲，不合近體詩格律，所以是『拗』。末第三字由平聲變仄聲，算是和末第二字調換平仄，這叫做『拗救』。拗而不救，便不是『合法』拗句。這個句中平仄對調的拗體，一直都非常流行。以下舉一些例子：

　　① 情人怨遙夜，竟夕起相思。
　　　　平 平 仄 平 仄

（張九齡〈望月懷遠〉）

　　② 無為在岐路，兒女共霑巾。
　　　　平 平 仄 平 仄

（王勃〈杜少府之任蜀州〉）

③ 誰能將旗鼓，一為取龍城。
平 平 仄 平 仄

（沈佺期〈雜詩〉）

④ 長江一帆遠，落日五湖春。
平 平 仄 平 仄

（劉長卿〈餞別王十一南遊〉）

⑤ 仍憐故鄉水，萬里送行舟。
平 平 仄 平 仄

（李白〈渡荊門送別〉）

⑥ 遙憐小兒女，未解憶長安。
平 平 仄 平 仄

（杜甫〈月夜〉）

⑦ 巫峽啼猿數行淚，衡陽歸雁幾封書。
平 仄 平 平 仄 平 平

（高適〈送李少府貶峽中王少府貶長沙〉）

⑧ 已忍伶俜十年事，強移棲息一枝安。
仄 仄 平 平 仄 平 平

（杜甫〈宿府〉）

⑨ 直道相思了無益，未妨惆悵是清狂。
仄 仄 平 平 仄 平 平

（李商隱〈無題〉其二）

⑩ 苦恨年年壓金線，為他人作嫁衣裳。
仄 仄 平 平 仄 平 平

（秦韜玉〈貧女〉）

（二）『仄仄仄平平』變為『仄仄平仄平』

這是拗句，末第二字和末第三字平仄對調。因為末第二字應平而仄，所以是『拗』。末第三字用平，算是『拗救』。既然『平平平仄仄』可以變為『平平仄平仄』，那麼『仄仄仄平平』變為『仄仄平仄平』是可以理解的。『仄仄平仄平』是拗句，『仄平仄仄平』則犯孤平，不能混為一談。『仄仄平仄平』拗句可能正因為在形式上和『仄平仄仄平』相近，所以並不流行。以下舉一些例子：

① 西林改微月，征旆空自持。
　　　　　平仄平仄平
　　　　　（陳子昂〈東征至淇門答宋十一參軍之問〉）

② 羽檄西北飛，交城日夜圍。
　　仄仄平仄平
　　　　　　　（沈佺期〈送盧管記仙客北伐〉排律）

③ 八月湖水平，涵虛混太清。
　　仄仄平仄平
　　　　　　（孟浩然〈望洞庭湖贈張丞相〉）

④ 北闕休上書，南山歸敝廬。
　　仄仄平仄平
　　　　　　　（孟浩然〈歲暮歸南山〉）

⑤ 臥聞海潮至，起視江月斜。
　　　仄仄平仄平
　　　　　　（孟浩然〈宿永嘉江寄山陰崔少府國輔〉）

（三）『仄仄平平仄，平平仄仄平』變為『仄仄仄仄仄，
　　平平平仄平』

　　這是拗句，出句末第二字應平而仄，不合格律，是
以拗。對句末第三字由仄聲變為平聲，作為拗救。初、
盛、中唐詩人間中也『拗而不救』，不過究屬極少數。以
下是一些出句拗對句救的例子：

　①　流水如有意，暮禽相與還。
　　　平仄平仄仄　仄平平仄平

（王維〈歸嵩山作〉）

　②　人事有代謝，往來成古今。
　　　平仄仄仄仄　仄平平仄平

（孟浩然〈與諸子登峴山〉）

　③　遠送從此別，青山空復情。
　　　仄仄平仄仄　平平平仄平

（杜甫〈奉濟驛重送嚴公四韻〉）

　④　野火燒不盡，春風吹又生。
　　　仄仄平仄仄　平平平仄平

（白居易〈賦得古原草送別〉）

　⑤　向晚意不適，驅車登古原。
　　　仄仄仄仄仄　平平平仄平

（李商隱〈樂遊原〉五絕）

　⑥　漸與骨肉遠，轉於僮僕親。
　　　仄仄仄仄仄　仄平平仄平

（崔塗〈巴山道中除夜書懷〉）

⑦ 南朝四百八十寺，多少樓臺煙雨中。
平 平 仄 仄 仄 仄 仄　平 仄 平 平 平 仄 平

（杜牧〈江南春絕句〉）

⑧ 十年見子尚短褐，千里隨人今北風。
仄 平 仄 仄 仄 仄 仄　平 仄 平 平 平 仄 平

（王安石〈送李質夫之陝府〉）

⑨ 海南海北夢不到，會合乃非人力能。
仄 平 仄 仄 仄 仄 仄　仄 仄 仄 平 平 仄 平

（黃庭堅〈次韻幾復和答所寄〉）

⑩ 清談落筆一萬字，白眼舉觴三百杯。
平 平 仄 仄 仄 仄 仄　仄 仄 仄 平 平 仄 平

（黃庭堅〈過方城尋七叔祖舊題〉）

（四）『平平平仄仄』變為『平平仄仄仄』

這不是拗句，只是特殊的平仄安排。末第三字由平變仄，基於『一、三、五不論』的原則，並沒有違反格律。出句格律比對句格律寬，所以三仄更不成問題。而且仄聲又分上、去、入，雖三仄而變在其中。是以前人作近體詩，每喜歡在出句用三仄，而很少在對句用三平。不過，如果末第三字由平變仄，末第五字應以守着平聲為佳。以下舉一些例子：

① 雲霞出海曙，梅柳渡江春。
平 平 仄 仄 仄

（杜審言〈和晉陵陸丞早春遊望〉）

② 潮平兩岸闊，風正一帆懸。
　　平 平 仄 仄 仄

（王灣〈次北固山下〉）

③ 風鳴兩岸葉，月照一孤舟。
　　平 平 仄 仄 仄

（孟浩然〈宿桐廬江寄廣陵舊遊〉）

④ 星臨萬戶動，月傍九霄多。
　　平 平 仄 仄 仄

（杜甫〈春宿左省〉）

⑤ 淒涼蜀故妓，來舞魏宮前。
　　平 平 仄 仄 仄

（劉禹錫〈蜀先主廟〉）

⑥ 鄉書不可寄，秋雁又南迴。
　　平 平 仄 仄 仄

（韋莊〈章臺夜思〉）

⑦ 誰謂含愁獨不見，更教明月照流黃。
　　平 仄 平 平 仄 仄 仄

（沈佺期〈古意〉）

⑧ 爽氣遙分隔浦岫，斜光偏照渡江人。
　　仄 仄 平 平 仄 仄 仄

（李嘉祐〈晚登江樓有懷〉）

⑨ 此別應須各努力，故鄉猶恐未同歸。
　　仄 仄 平 平 仄 仄 仄

（杜甫〈送韓十四江東省覲〉）

⑨ 悵望千秋一灑淚，蕭條異代不同時。
　　仄 仄 平 平 仄 仄 仄

（杜甫〈詠懷古跡〉其二）

（五）『仄仄平平仄，平平仄仄平』變為『仄仄仄平仄，
　　平平平仄平』

　　這不是拗句，只是特殊的平仄安排。『仄仄仄平仄』
和『平平平仄平』都沒有違反格律，前人在出句用了『仄
仄仄平仄』，每每在對句末第三字用平聲，令句子響亮一
些。但這絕對不是『拗救』，和『仄仄仄仄仄，平平平仄
平』的形式不同。因為『仄仄仄平仄』不是拗，而『平平
平仄平』不是救，所以出句用『仄仄仄平仄』，對句仍然
可以用『平平仄仄平』；同樣地，對句用『平平平仄平』，
出句仍然可以用『仄仄平平仄』，互不牽連。以下舉的例
子，有『仄仄仄平仄，平平平仄平』同用的，也有『仄
仄仄平仄』和『平平平仄平』獨用的。因為這些都不是拗
句，所以沒有嚴格規限。

　① 古木無人徑，深山何處鐘。
　　　　　　　　平　平　平　仄　平

　　　　　　　　　　　　　　　　（王維〈過香積寺〉）

　② 飛鳥沒何處，青山空向人。
　　　平　仄　仄　平　仄　　平　平　平　仄　平

　　　　　　　　　　　　　　（劉長卿〈餞別王十一南遊〉）

　③ 木落雁南渡，北風江上寒。（避孤平）
　　　仄　仄　仄　平　仄　　仄　平　平　仄　平

　　　　　　　　　　　　　　　（孟浩然〈早寒江上有懷〉）

④ 此地一為別，孤蓬萬里征。
仄仄仄平仄

（李白〈送友人〉）

⑤ 鴻雁幾時到，江湖秋水多。
平仄仄平仄　平平平仄平

（杜甫〈天末懷李白〉）

⑥ 芳草已云暮，故人殊未來。（避孤平）
平仄仄平仄　仄平平仄平

（韋莊〈章臺夜思〉）

⑦ 朝聞遊子唱離歌，昨夜微霜初渡河。
仄仄平平平仄平

（李頎〈送魏萬之京〉）

⑧ 映階碧草自春色，隔葉黃鸝空好音。
仄平仄仄仄平仄　仄平仄平平仄平

（杜甫〈蜀相〉）

⑨ 今逢四海為家日，故壘蕭蕭蘆荻秋。
仄仄平平平仄平

（劉禹錫〈西塞山懷古〉）

⑩ 朱門處處若相似，此命到頭通不通。（避孤平）
平平仄仄仄平仄　仄仄仄平平仄平

（杜荀鶴〈秋日湖外書事〉）

原載《香港詩情》，何文匯編，頁 145–176。香港：博益出版集團有限公司，1998。